デカ盛り
草太 & 那都巳
「式神見習いの小鬼」

Chara

式神見習いの小鬼

夜光 花

キャラ文庫

この作品はフィクションです。
実在の人物・団体・事件などにはいっさい関係ありません。

目次

口絵・本文イラスト／笠井あゆみ

■一章　半妖に生まれて

自分が人間じゃないと神薙草太《かんなぎそうた》が知ったのは、母を抱きしめた瞬間だった。

草太の一番古い記憶は、母に手を引かれて夜の公園へ遊びに行った時のものだ。本当は昼間の明るい時間に遊びたかったのだが、母が許してくれなかった。外に出るのは決まって暗くなってから。それが母の方針だった。

「ごめんね。他の子がいると困るから」

母は夜の公園で、いつも悲しそうに目を伏せた。多分、初めて乗ったブランコに興奮してチェーンを粉々に砕いてしまったのが、その理由だろう。

草太にとって、チェーンはクッキーと同じくらいもろく、力を入れれば簡単に砕ける。滑り台だって、鉄棒だって、フェンスだって、力を入れて蹴《け》ると、ひしゃげてしまう。似たような背格好の子どもでこんな怪力を持った子はいない。母ももちろん、こんな力はない。

夜の公園は人気《ひとけ》がなくて、大声を出すと口をふさがれる。その頃の草太には分からなかったが、母はいつも人目を気にしていた。目立つのを恐れていた。

滑り台を何往復もしていると、通りに親子連れが歩いているのが見えた。草太と同じくらい小さい子が、母親らしき女性に「だっこ」とねだっている。滑り台の上からそれを眺めていると、小さい子が母親にぎゅーっと抱きついていた。母親は嬉しそうに、小さい子の背中を撫《な》でている。

僕もあれがやりたい。

その時、草太は何の考えもなしにそう思った。だから滑り台を滑り降りて、下で待っていた母親に駆け寄って手を伸ばした。

「かーちゃん」

草太は頬を紅潮させて母親に抱きついた。思いきり、ぎゅーっと抱きしめた。

「う……っ」

とたんに母親の呻《うめ》き声と、骨がぼきぼきと砕ける音がした。背筋がひやりとして、草太は手を離した。母は苦しそうに地面に膝《ひざ》をつき、蒼白《そうはく》な顔を草太に向けた。

先ほどの親子のように、草太がぎゅーっとすれば、母は喜んでくれると思った。

けれど実際は、真逆だった。母は痛みを堪《こら》えるように胸を押さえ、血の気を失った表情で草太を見つめた。

「駄目よ、草太。お母さん、死んじゃうわ」

震える唇で紡がれた言葉は、その後もずっと草太の頭に残った。

全力で抱きしめると、相手を殺してしまう。——それが、草太の現実だった。見た目は三歳児でも、実際は生まれて半月しか経っていない。半妖の草太は、一年経てば五、六歳の身長と体重になり、二年目には小学校高学年くらいの外見になるだろう。

人ではない、妖怪と人間の間に生まれた子ども——草太の変えようもない事実だった。

＊＊＊
「ここが、今日から君が暮らす家だよ」

門の前に立った安倍那都巳《あべなつみ》が、にっこり笑って草太に言った。

草太は眩《まぶ》しげに那都巳の肩越しに屋敷を見上げた。今日から暮らす家と言われても、建物よりつい目の前の男に目がいってしまう。一見爽《さわ》やかそうで優しい眼差《まなざ》しをしているのに、腹の中に黒いものを抱えていそうな厄介な男——自分の主であり、命を握っている陰陽師《おんみょうじ》。今日から『ここで暮らす』よりも、今日から『この男と暮らす』ほうが、きっと重要だ。

九月の秋分の日、草太は門構えの立派な屋敷の前に母と立っていた。母は着物姿で、少し緊張した面持ちだ。Tシャツにジーンズという恰好《かっこう》の草太は、両手に荷物を抱え、顔を引き締めた。草太の身長は現在百七十五センチ、体重も七十キロになり、引き締まった筋肉を持っている。少年っぽさを残した顔つきで、髪を短く切りそろえ、うなじを刈り上げている。外見は二十歳前後に見えるらしく、よく「大学生？」と見知らぬ人に聞かれる。

「これが安倍家の屋敷かぁ」

草太はしみじみした思いで呟《つぶや》いた。

生まれてから三年が経ち、草太は見かけだけは大人になった。

草太は鬼と人の間に生まれた子どもだ。いわゆる半妖と呼ばれるもので、今は隠しているが、牙《きば》もあるし角もある。去年まで小学校に通っていた草太だが、世話になっていた人間の血をうっかり飲んでしまい、大人の鬼になってしまった。鬼は数年で成人するらしく、特に人の血肉を摂取すると、それが早まるらしい。血は飲んだものの、鬼として人を喰らう生き方は選べず、草太は人の中で暮らす生き方を選んだ。何よりも人である母が、草太に人間として生きて欲しいと願っていた。

人間として生きると決めたものの、大人の姿になった草太は、今さら学校へは行けない。子どもの姿に変身はできるが、何かの拍子に鬼の姿に戻る危険性があるし、何よりも草太は勉強が嫌いだ。行かなくていいなら、行きたくない。かといって働くといっても、就職先がない。半妖である草太に戸籍はあるが、戸籍上ではまだ三歳だ。見た目は大人でも、正規の仕事に就くのは不可能だろう。違法な仕事は、母が猛反対する。そんな草太に、知り合いになった陰陽師である安倍那都巳が声をかけてきた。

「俺のとこに来る？」

有名な陰陽師の子孫という那都巳は、草太に職と住まいを提供するという。もともと別の陰陽師のもとで暮らしていた草太は、この誘いに喜んで乗った。那都巳は陰陽師としての力は一級品で、草太が本気になっても敵《かな》わないだろうというのが肌で感じられた。だからこそ草太は、那都巳の世話になろうと決めたのだ。

自分には律することのできる強い人間が必要だ。

そして今日から草太は那都巳の家に住み込みで働くことになり、こうして門の前に立っている。

「おぉー。こっちの家も、でけーな！」

草太は門の前で、ぴしっと背筋を伸ばした。那都巳はタワーマンションも所有していて、そちらも豪華でセレブ感満載だったが、こちらのほうは格式高い屋敷という雰囲気だ。漆喰《しっくい》の塀がずいぶん遠くまで続いているし、塀越しに見える屋敷も瓦《かわら》屋根の立派なものだ。黒い格子の引き戸を開けて中に入ると、観光地の庭園みたいな風景が広がっている。

「まぁ、素晴らしいお屋敷ですね」

横にいた母の神薙雪《ゆき》が、感嘆した声を上げた。ほっそりとした身体に、端正な目元、黒髪をアップにしている。息子である草太が言うのも何だが、綺麗な女性だ。

屋敷の前に大きなひょうたんの形をした池があって、それを囲むように雄々しく松の木が生えている。ちょうど一羽のめじろが松の木に留まり、小首をかしげて草太たちを見下ろす。

草太は那都巳の背中を追って、石畳を進んだ。大きな池をぐるりと迂回《うかい》する形で石畳が続いていて、奥に二階建ての瓦屋根の屋敷と、スレート屋根の平屋が見えた。二つの家は渡り廊下で繋《つな》がっている。

「叔父の家をそのまま受け継いだだけですよ。叔父は四十代で亡くなってしまいましてね、跡取りがいなかったもので遺言に従い、俺が相続しました。叔父も同業者だったんです」

那都巳は母をエスコートして極上の笑みを見せる。今日の那都巳はポロシャツにズボンというラフな恰好だ。切れ長の目つきに通った鼻筋、落ち着いた佇《たたず》まいをした青年だ。柔らかい雰囲気なので誤解する人は多いが、半妖である草太は初めて会った時から、恐ろしく強い男と理解している。

「うわー。でかい庭だなぁ」

草太は庭園を見回し、感嘆した。蛇行する石畳の脇にはつつじや紫陽花《あじさい》、花水木といった植物が植えられている。季節の折には美しい姿を見せるのだろう。池の水は綺麗で、鯉《こい》が気持ちよさそうに泳いでいる。水を見るとむずむずしてきて、草太は目を光らせた。

「那都巳ぃ、この池、入ってもいいか？」

草太が興奮して言うと、母が草太の頬を強めに抓《つね》る。

「いひゃい！」

思ったより痛くて草太が悲鳴を上げると、母が怖い形相で睨《にら》みつけてきた。

「どう見ても、観賞用の池でしょう！」

ぴしりと叱《しか》られ、草太は「ふぁい」と生返事をした。

「それから那都巳様のことを呼び捨てにするものではありません。那都巳様はこれからあなたの雇い主となられる方なのですから。本当に、もう少し人としての常識を身につけさせてから、那都巳様に託したかったものです……」

ため息混じりに言われ、草太は口を尖《とが》らせた。

「そんじゃ、なんて呼べばいーんだよ？　安倍さん？　安倍君？　安倍様？」

草太が首をかしげると、那都巳がふむと顎《あご》を撫でる。

「俺は別にいいけど、呼び捨てにすると、周りの者が良く思わないだろうね。弟子たちは師匠と呼ぶ」

「師匠……？」

草太はうーんと考え込んだ。

「師匠というのは先生という意味ですよ」

母がこっそり教えてくれる。

「でも、君は俺の弟子じゃないし、師匠はおかしいな。実家ではよく若と呼ばれている。他人がいる時は、若と呼ぶといい。二人きりの時は、別に呼び捨てでいいよ」

那都巳にそう言われ、分かったと頷いた。人がいる時といない時の区別が面倒くさいが、黙って従うのが吉だ。

「若。あの人、誰だ？」

草太は大きな鋏《はさみ》を器用に動かして枝葉を落としている六十代後半くらいの男性を見て、興味深げに聞いた。松の木の横に脚立がかけられ、職人らしき初老の男性が鋏を使っている。

「季長《すえなが》さん、ちょっといい？」

よく通る声で那都巳が手招く。

「へぇ。若、お帰りなさいませ」

季長と呼ばれた男は、那都巳に気づいて、帽子をとって会釈する。帽子を脱ぐと、頭頂部に髪がなかった。季長は那都巳の後ろにいる草太と草太の母親の雪に目を向けた。

「今日からうちに居候する子。神薙草太君。彼女は母親。草太、彼は季長利蔵《としぞう》さん。もう四十年近くここにいるベテランの使用人だよ」

那都巳が草太の背中をぽんと叩《たた》いて紹介する。草太より先に着物姿の母が頭を下げた。

「どうぞよろしくお願いします。何分、世間知らずな子ですので、ご指導ご鞭撻《べんたつ》のほどを」

母が丁寧な物言いで、草太の頭を無理やり下げさせる。草太も急いで腰を九十度に曲げた。

「お願いしあーす‼」

草太が庭中に響く声で言うと、季長が目を丸くして笑い出す。

「いつもとちょっと毛色が違うね、若。この子もお弟子さん？」

季長は作業着を着ていて、首にタオルを巻いている。九月も下旬になるというのに、まだまだ暑さは続いている。季長は額の汗を拭《ぬぐ》いながら、にこにこして草太を見る。話しやすそうなおじいちゃんでよかったと草太は顔を上げた。

「いや、この子は違う。とりあえず雑用係かな。季長さんに任せることも多くなると思うから、よろしくね」

那都巳は微笑《ほほえ》みを浮かべ、草太の頭を撫でる。那都巳に触れられると、何故か触れた部分がすごく熱くなる。どういう仕組みかさっぱり分からない。

季長と挨拶《あいさつ》を交わした後、草太は那都巳に連れられて屋敷の正面玄関に向かった。少し前まで世話になっていた人の屋敷もでかかったが、ここもかなりでかい。ただし、大きさは似ているが、雲泥の違いがある。前住んでいた屋敷は広いが隙間風の吹く寂れた屋敷だったのに、ここは造りが真新しいし、庭師もいるからか、草木が整えられている。障子も破れていないし、庭に家庭菜園もない。屋敷は二階建てで、かなり奥行きがありそうだった。こんなに立派な屋敷があるのに、どうしてマンションを別に持っているのだろう。

「なぁなぁ、何で家が二個もあんの？　タワマンもあるのに」

草太は首をかしげて那都巳に聞いた。

「草太、そんな口調じゃ駄目ですよ。あなたの雇用主なんですから、もう……」

ため口を利いている草太に、母が眉を顰《ひそ》める。

「雪さん、どうぞお気になさらず。彼はこのままでいいですよ」

那都巳がにっこり微笑んで、母を見つめる。あまり那都巳に母を見つめてほしくなくて、草太はぐいっと間に割って入った。この那都巳という男は、油断がならない。平気で母の手を握るし、色っぽい誘いをかけたりする。世話になる契約をしたものの、父親になる許可は出すつもりはないので、妨害が必要だ。

「家が二つあるのは、メディアの仕事をやってるからだよ。あそこのタワーマンションは、テレビ局と近いんだ。メインの家はこっちだから」

草太の頭をぐりぐりしながら、那都巳が答える。

「あっ、知ってるぞ。テレビに出てるんだろ？　芸能人だなっ」

草太は先週放送された心霊番組を思い出して手を叩いた。偶然テレビをつけたらやっていたのだが、知り合いが画面に登場して興奮した。那都巳は安倍晴明《あべのせいめい》の子孫というキャッチコピーで、たまにテレビに顔を出したりする。悪霊が取り憑《つ》いている人を祓《はら》ったり、心霊スポットに行ってどんな霊がいるか話すのだ。画面越しには爽やかな青年という感じで、人気があるらしい。

「わりとギャラがいいからやってるけどね。そろそろ飽きてきたから、タワーマンションは売ると思う」

　ははは、と笑いつつ那都巳が引き戸を開ける。

「師匠、お帰りなさいませ」

　引き戸を開く音が聞こえたのか、奥からばたばたと足音がして、三人の男女がやってきた。最初に現れたのがおかっぱ頭の三十代後半の地味な女性で、次に少し太った初老の男性、最後に髪を後ろで縛った目鼻立ちのくっきりした若い女性だ。三人は草太と母を見て、固まる。

「ただいま。紹介するよ。今日から一緒に暮らす、神薙草太君。彼女はその母親」

　那都巳が草太と母を三人に紹介する。とたんにぴりりと三人に緊張が走った。

「常識のない子ですので、ご迷惑かけると思います。よろしくお願いします」

　母が腰を九十度に曲げて挨拶する。

「お願いしあーす‼」

　草太も倣《なら》って頭を下げ、元気よく挨拶した。小学校の教師に挨拶は元気よくと教わった。これなら大丈夫だろうと思って顔を上げると、三人が奇異なものを見る目つきで自分を見ている。

「右から、吉永笑梨《よしながえり》さん、境正二《さかいせいじ》さん、田処《たどころ》あかねさんだよ。この三人は俺の弟子で、一番弟子が正二さん、二番弟子が笑梨さん、三番弟子があかねさん」

　那都巳は草太に三人の説明をする。一番弟子が初老の男性で、二番弟子がおかっぱ頭の中年女性、三番弟子が若い女性だ。

「あかねさん、後でこの子に家の間取りを教えてあげて」

那都巳は靴を揃《そろ》えて脱いで玄関を上がり、あかねに言った。あかねは顔を強張《こわば》らせて、一瞬眉根を寄せた。

「……はい、分かりました」

那都巳には笑顔で答えたあかねだが、明らかに草太を見る目つきは嫌そうだ。若い女性といっても草太からすれば、母親くらいの年齢に見える。何が嫌なのかさっぱり分からず、草太は少し心配になった。

小学校に通っていた間、草太が人間社会で学んだことは、女は面倒くさいということだ。ちょっとしたことで拗《す》ねるし、下品な発言をすると怒るし、何を考えているか分からない。同級生も「女はめんどくせー」とよく言うし、単純な思考の持ち主である草太にとって、未知の領域だ。小学生ですら難しいのに、かなり歳の離れた女性になると、さっぱり読めない。

「かーちゃん、あの人俺のこと、嫌ってない？」

那都巳に連れて行かれ、長い廊下を歩いている途中、草太はじっとこちらを睨んでいるあかねを気にした。

「草太、お前が今までいた櫂《かい》様の家とはぜんぜん違うのですよ。気をつけなさい。ここはお前以外、皆、人間ですからね」

心配そうに母が草太を見やる。そうなのだ。これまで居候していた人——陰陽師である氷室《ひむろ》
櫂の家には鬼と式神しかいなかった。草太がどんな馬鹿をしようと、角が出ようと、仕方ない
と許してもらえた。けれど新しい住居には、人間しかいない。気を引き締めないと、と草太も
思った。

自分はここで、人間社会でも暮らしていけると証明しなければならない。

草太は奥にある客間に通された。襖《ふすま》を開けると六畳の和室で、布団が一式置かれているだけ
で他に何もない。

「今日からここが君の部屋。何か必要なもの、ある？　君、勉強とかするの？」

那都巳が首をかしげて聞いてくる。草太は抱えていた荷物を下ろした。着替えの服や下着が
入っている。

「俺、勉強嫌い」

てへっと笑いながら草太が言うと、母がため息をこぼす。

「那都巳様、草太は小学生レベルの学力しかありません。国語はまぁまぁできるのですが、算
数や理科といった理系はまるで駄目です。掛け算も間違えるレベルです。体力馬鹿と思って使
っていただきたいと思います」

母は那都巳を見上げて、つらつらと述べる。気のせいか馬鹿にされたような？

「非常に客観的なご意見、ありがとうございます。では、そのつもりで扱いますよ」

　那都巳は面白そうに母を眺めて言う。那都巳は母を気に入っていると草太は察している。母は綺麗だし、鬼の子を身ごもっただけあって度胸もある。草太は母を奪われまいと、母と那都巳の間に身体を入れた。

「かーちゃん、そんな心配すんなって。俺、役に立つからさ！　もう帰っていいぞ？」

　これ以上母と那都巳を一緒にすると、二人の仲が進展してしまうかもしれないと不安になり、草太は胸を叩いた。その様子にますます心配になったのか、母が顔を曇らせる。

「見た目は大人でも、中身は三歳児です。どうぞよろしくお願いします」

　母は草太を押しのけ、那都巳に深々と頭を下げる。

「ご心配なく。鬼の扱いなら慣れてますから。心配でしょうから、いつでも遊びに来て下さいね」

　那都巳は優しい口ぶりで母の手を握る。さりげなくスキンシップを入れてくる那都巳は、要注意人物だ。急いで二人の手を離すと、母の顔が少し明るくなり、草太に向き直った。

「草太、ここでしっかりと人間社会での暮らしを身につけるのですよ？　人様に暴力は振るってはなりません。人と接する時は慎重にね。あと、——鬼であることは、知られないようにしなさい」

　うんうん、と母の言うことに頷いていた草太は、ふーっと肩を落とした。

「問題はそこだよなぁ。がんばるけど……」

小学校に通っていた時も自分の正体がばれないようにと必死だった。あの思いをここでもしなければならないのかと思うと気が重い。

「しっかり、がんばりなさい」

母に怖い顔ですごまれ、草太はしゅんとした。一番困るのは、気を抜くと角が出てしまう点だ。だいぶ慣れてはきたものの、何かの拍子に飛び出てこないとも限らない。すごく驚いた時とか、怒りで頭に血が上った瞬間、角は出てしまう。平常心を保たねばならない。

「がんばれ、半妖君」

那都巳は他人事みたいに笑って背中を叩いてくる。

「では那都巳様、草太のこと、よろしくお願い申し上げます」

母は那都巳に向かって深々と頭を下げた。草太の住む場所を確認したので、どうやら帰るようだ。見送りはいらないというので、少し寂しい思いで去っていく母の背中を見送った。

部屋に那都巳と二人きりになると、ぴりっとした空気を感じる。これは多分、那都巳が陰陽師だからだ。櫂といる時も、時々産毛を逆立てられるような感覚を味わうことがあった。

「さて、半妖君。うちに来た以上は、役立ってもらうよ。何しろ、君は俺の式神になったわけだからね」

草太をじっと見据えて、那都巳が言う。

式神――草太は改めてその事実を認識した。鬼の血を半分引いている草太は、目の前の陰陽師の式神になる契約を交わした。

あの日のことを思い返し、草太はぶるりと震えた。


草太は半妖として生まれ、最初は母である雪と共に暮らしていた。

鬼の血を引く草太は、生まれて一年であっという間に五、六歳の人の姿になった。生まれた時から子どもにはありえない怪力を発揮していたが、その頃にはとうとう母の手に負えなくなった。困った母は、陰陽師である氷室《ひむろ》櫂《かい》に助けを求めた。櫂は埼玉《さいたま》の山奥に住んでいる訳アリの陰陽師で、金銭と引き換えに草太を預かってくれた。

櫂の元で暮らし始め、草太は人としての生き方を学んだ。首にかけられた木札のせいで、草太が鬼の力を使おうとすると、手痛い教育的指導が施された。陰陽師は鬼の力を封じる技をいくつも持っていて、草太は半年過ぎる頃には、小学校に通えるまでに成長した。

草太は人間の中に混じり、常識を身につけた。櫂のことは「先生」と呼び、慕っていた。いつか櫂を倒したいと思っていたし、喰ってみたいという欲望も抱えていた。

櫂は人嫌いの陰陽師で、屋敷には式神と鬼の羅刹《らせつ》しかいなかった。羅刹は八百年ほど祠《ほこら》に封じ込められていた強い鬼で、草太にとって初めて会う鬼だった。その強さは自分などは足元にも及ばないもので、草太は悔しさと喜びという感情が湧いた。これまで全力を出したら、相手が死んでしまうという悩みを抱いていたのに、全力を出しても敵わない相手が現れたのだ。

草太は櫂の屋敷で楽しく暮らしていた。ところが、ある日、櫂の血を吸ってしまい、急激に身体が成長した。陰陽師の血を吸った草太は、鬼の世界でいう成人になった。

小学校には通えなくなった草太だが、櫂のボディガードとして役に立とうと思っていた。けれど櫂には草太には考えもつかない事情があった。

櫂は八百比丘尼《やおびくに》という人魚の肉を食べて不老不死になったという伝説の尼僧と関係があった。八百比丘尼は、櫂を我が物にしようと、自分の血を与えて強くした伊織《いおり》という鬼を、櫂にけしかけた。羅刹と草太はそれを阻止するべく、全力で闘った。

草太はその闘いにおいて、自分の非力さを痛感した。

相手の鬼に敵わない、慕っている櫂を助けることもできない自分に、ほとほと愛想が尽きたのだ。

櫂を助けたい一心で、草太は自分に何ができるか、考えた。

それが――同じ陰陽師である安倍那都巳に助けを求めることだった。

強い嗅覚を持つ草太は、那都巳の匂《にお》いを辿《たど》って、彼の元へ走った。

那都巳はその時、港区《みなと》のタワーマンションにいた。草太は最初はエントランスから入ろうとしたのだが、那都巳の住む部屋番号が分からないし、エントランスには警備員がいて、ぼろぼろの身なりをした草太を不審者と決めつけた。

仕方なく、窓をよじ登り、那都巳の匂いを辿って那都巳の部屋を突き止めた。不審な気配に気づいて窓を開けた那都巳は、呆然《ぼうぜん》としていた。目の前の窓に草太が立っていたからだ。

「えっと……半妖君、だよね。何してんの？　泥棒？」

窓を開けた那都巳に聞かれ、草太は顔が真っ赤になった。

「泥棒って何だよ！　泥棒じゃねーし！　お前の匂いを追ってここまで来たのに、そんな目で見るなよぉ！」

ベランダに降り立った草太は地団太を踏む。タワーマンションの壁をよじ登ったせいか、目撃者が階下で騒いでいる。警察という声も聞こえて、草太は震え上がった。ここで追い出されたらやばいと青ざめていると、那都巳が中に入れてくれた。ベランダでスニーカーを脱ぎ、初めて入る那都巳の部屋に驚く。

「うわー、すげーっ。バーカウンターとかあるんだ！」

草太はここに来た理由を忘れ、興味津々であちこち見て回る。ふかふかの絨毯《じゅうたん》に、高そうでおしゃれな家具、隣の部屋にはカウンターがあり、ガラス棚にお酒がずらりと並んでいる。

「ひどい身なりだね。今、伊織《いおり》って鬼と闘ってるんじゃないの？」

汚れたスニーカーを抱えている草太を見やり、那都巳が言う。草太の着ている衣服は切り裂かれてボロボロで、あちこちに打ち身や切り傷、血の塊がある。草太はここへ来た理由を思い出し、悔しさを顔に滲《にじ》ませる。

本来なら、櫂を守るために、那都巳にも凶悪な敵と闘ってほしかった。那都巳がいれば、劣勢になっている今の闘いは、ずっとよくなっていたはずだからだ。

「っていうか、さっき匂いを辿って来たって言ったけど、あの埼玉の奥地からここまで本当に匂いを辿ってきたの？　まぁ、君が俺の住所を知るわけないいんだけど」

草太をソファに座らせると、那都巳が冷蔵庫からペットボトルの水を持ってくる。強烈な咽の渇きを覚え、草太はもらったペットボトルの蓋《ふた》を開けた。

「先生には内緒で来た。何か分かんないけど、喧嘩《けんか》してんだろ？　言うと止められるかもしれないと思って」

草太は出されたペットボトルの水を一気に飲み干して言った。ずっと走り続けていたので、咽がカラカラだ。櫂は那都巳と喧嘩をしていて、自分からは助けを求める気はないようだった。だから代わりに草太が来たのだ。

「俺――」

草太が口を開くと同時に、玄関からチャイムが鳴る。

「ちょっと待ってて」

那都巳は腰を上げ、インターホンの画面を確認した。

『夜分にすみません。守衛の佐藤《さとう》です。今、マンションの壁を登っている不審者がおりまして。

異常がないか確認しております』

守衛の声が聞こえてきて、草太はまずいと身をすくめた。

「少々お待ち下さい。今、家の中を確認します」

那都巳はそう答え、一度インターホンを切った。もしかして警察に捕まるのだろうかと、草太はスニーカーを抱えて逃げる準備をした。

「壁、登るのまずかった？」

しょげた顔で聞くと、那都巳が思わずといった様子で噴き出した。

「あのね、タワーマンションの壁を登ったらニュースになるからね。君はとりあえず、シャワー浴びてきて。万が一、中に入られたらすぐばれる」

那都巳はそう言って、浴室に草太を押し込んだ。汚れたスニーカーは奪われ、草太は言われるままにシャワーを浴びることにした。シャワーノズルを引っ張り、汗と泥で汚かった身体を湯で流していく。壁や床が黒いタイルで統一された洒落《しゃれ》た浴室だ。二人くらい入れそうな大きさの浴槽があって、掃除も行き届いていた。

「お待たせしました。特に異常はなかったです」

浴室の扉越しに那都巳が外にいる守衛と話している声がする。草太は内心ドキドキしながら、声が消えた後、浴室から出た。

「ふー。さっぱりしたぁ。大丈夫だった？　俺、捕まんない？」

シャワーを浴びてすっきりして、草太はバスタオルで頭を拭《ふ》きながら、リビングに戻る。那都巳に替えの下着と白いTシャツと短パンを渡され、有り難く身に着けた。Tシャツにはラジオ局の名前が入っていて、もらいものらしいと分かった。守衛は帰っていったので、とりあえず捕まらないですむようだ。

「それで――何しに来たの?」

ソファに戻って、那都巳に改めて尋ねられた。草太は短パンを腰まで引き上げ、ソファから立ち上がり、急いで絨毯に正座した。

「お願いしあーす! 先生、助けて下さいっ‼」

草太は大声を上げて、絨毯に頭を擦りつけた。那都巳は目を丸くしている。

「頼んます! 俺、ぜんぜん役に立たなくて! 伊織はつえーし、あの尼さんはこえーし!」

床に額を何度も押しつけて草太は言い募る。この時は櫂を助けるのに必死だった。毎晩のように伊織に襲撃されて、ぎりぎりの線で持ちこたえていたが、遠からず敗北しそうだったのだ。

那都巳は少し考え込んで、足を組んだ。

「あの強い鬼君がいるだろ?」

まさか半妖に助けを求められるとは思ってもいなかったようで、那都巳は素っ気なく言う。

草太は顔を上げ、拳《こぶし》を握る。強い鬼君というのは、羅刹のことだろう。

「羅刹は強いけど、敵はずるいんだ! 怪我《けが》しても、あの尼さんを食べて体力取り戻すんだ!

このままじゃ羅刹もやられちゃうし、先生が喰われちゃうよ！　あんたすごいんだろ！　頼むから先生を助けてやってよ！」

草太が拳を握って力説すると、那都巳はふーんと呟いた。

真剣にお願いしているのに、ちっとも望んだ反応がこない。この件に関心があるように見えず、やきもきした。

「――何で、君がお願いするの？」

頬杖《ほおづえ》をつきながら那都巳が聞く。

「何で……？」

質問の意味が分からず、草太はオウム返しをした。那都巳が少しだけ関心を持ったように、顔を寄せる。

「櫂が死のうと、半妖君には関係ないでしょ？　むしろ厄介な陰陽師が死んで、ラッキーじゃないの？」

淡々とした声で問われ、草太は気色ばんで顔を赤くした。

「ぜんぜんラッキーじゃねーよ‼　俺、先生、好きだもん！　死んだら嫌だよ！」

草太は身を起こし、那都巳の腕を摑《つか》んで怒鳴る。那都巳が驚いて目を見開いた。まるで思いもしない言葉を聞いたように。

「……なるほど。よく分かった」

草太の手をやんわりと解いて、ふっと那都巳は笑った。

「君は人間よりの鬼なんだね」

那都巳はそう言って、微笑んだ。草太は目を輝かせて、那都巳の横に座る。

「そんじゃ、助けに行ってくれるのか⁉」

嬉々《きき》として草太が聞くと、急に意地悪な目つきで見つめられる。

「分かったって言っただけだよ。そもそも助けに行くとしたら、その対価はどうするわけ？　君、依頼料払えるの？　俺は高いよ？」

那都巳にしれっと聞かれ、草太はショックを受けた。対価——そんなの考えもしなかった。

「うー。俺、お金は三千円くらいしか持ってない」

素直に草太が言うと、那都巳はぶっと噴き出した。

「今時の子どもだってもっと、持ってるだろ……？　まぁ君、見た目は大人だけど、まだ生まれて三年くらいなんだっけ？　話にならないよ。お祓いだったら俺、一件三十万はとるよ。今回は相手が強力な鬼だからね、百万くらいもらわなきゃ、割に合わない。これはびた一文まけられないね」

那都巳は草太の濡《ぬ》れた髪をタオルで拭きながら、平然と言う。桁違《けたちが》いの金額を提示されて、目玉が飛び出しそうになった。

「百万とか無理だよ！　あ、俺、力持ちだから、お前のボディガードになる！　それでどうだ⁉」

草太が思いついて言うと、那都巳は無言になった。

妙な沈黙が降りて、草太はドキドキした。那都巳に値踏みするように見られ、背中をぞわぞわとしたものが伝う。那都巳の陰陽師としての力が強力なのは、肌で知っている。おそらく櫂より、強い。そんな男にボディガードなど、身のほど知らずだっただろうか。

「——君、俺の式神になる？」

長い沈黙の後、那都巳は低い声で問うた。

「し、きがみ……？」

草太は那都巳の目を覗《のぞ》き込んで聞き返した。じっと見つめ返され、草太は困ったようにうつむいた。式神というのは、櫂の屋敷にいたもののだろう。料理洗濯、掃除など、家のことをあれこれこなしていた。

「俺、料理とかできないんだけど……」

草太が困って言うと、那都巳の手が顎にかけられた。ふっと顎を持ち上げられ、那都巳と目が合う。

「力が強いんだろ？　敵が来たら、やっつけるだけでいいよ。料理とかは家政婦がいるから必要ない」

優しげな声で囁《ささや》かれ、草太はぱっと顔をほころばせた。どうやら那都巳の考える式神は櫂の家にいたものとは異なるようだ。敵をやっつけるだけでいいなら、楽勝だ。

「じゃあ、なるなる！」

草太が勢いよく返事すると、那都巳に憐《あわ》れむような目で見られた。この時は知らなかった。式神とは従属を意味するなんて。

「いいの？　じゃ、気が変わらないうちに契約しよう」

那都巳は目をすうっと細め、草太の前で次々と印を組み始めた。物の怪を自分の式神にする術をかけているようだった。那都巳の身体から金色の鎖が伸びていき、草太の首に絡みついた。それはきゅっと音を立てて草太の首を絞める。一瞬、草太はびくっとしたが、その感触がすぐに消えたので、きょとんとして首に触れた。今のは何だったのだろう。

那都巳はにこにこして草太の頭を撫でた。

「半妖君、俺のものになっちゃったね。じゃ、行こう」

那都巳はすっと立ち上がり、草太に手を差し出した。訳が分からないなりに草太は那都巳の手を握る。とたんにひどく熱いものが全身に伝わってきて、びっくりして手を離す。

「な、何これ……っ？　すげー熱いものが伝わってきたっ」

草太が混乱して言うと、那都巳がにっこり笑う。

「俺の式神って証だよ。——さぁ、君の先生、助けに行こうか」

那都巳は草太を引っ張った。草太は深く考えることをせず、那都巳が助けに来てくれるという言葉で有頂天になった。

——この契約が自分の運命を変えるとも知らずに。

あの夜のことを思い返し、草太は身を引き締めた。草太が那都巳の式神になったと知ると、櫂は驚愕《きょうがく》して怒った。どうやら式神というのは、あんなふうに軽くなるものではなかったらしい。

経緯はともかく、那都巳の式神になった以上、役に立たねばならない。これから那都巳の屋敷に住み込んで、力を発揮する。母を安心させるためにもがんばろう。

「特に問題ないようだったら、この部屋を使ってね。あの三人は通いだけど、君は住み込みだから、そのうちいろいろ頼むと思う」

草太の肩をぽんと叩いて、那都巳が襖を開ける。ちょうど廊下の向こうからあかねがやってきた。那都巳の顔を見て会釈する。草太は荷物をそのままにして、廊下に出た。那都巳が去るのを待って、あかねがこちらを振り返る。——その目が、冷たい。

「屋敷の中を案内するから来て」

素っ気ない声で言われ、草太は急いであかねの後を追った。

あかねは屋敷の主要な部屋を案内した。トイレは西と東にそれぞれあるし、浴室は三、四人は入れるくらい大きかった。広間や居間、台所と順番に連れて行かれる。次にあかねは渡り廊下を渡って離れに向かう。離れには仕事場と称する広い部屋があり、その奥にお堂がある。

「ここは朝の勤行《ごんぎよう》をする場所よ。あんたは下っ端なんだから、ここの掃除もしなさい」

お堂に続く木戸を開けてあかねが説明する。

「勤行？」

勤行の意味が分からず、あかねに続いて入った草太は、一瞬にして飛び上がった。

「ぴえんっ⁉　無理ぃ‼」

お堂は広い板敷きの部屋で、中央に紫色の幕で囲われた祭壇が置かれていた。お香の匂いが充満していて、幕で覆われて見えないが、中央に何か恐ろしい存在がいるのが分かる。これは櫂の屋敷にもいたものだ。おそらく不動明王《ふどうみようおう》か、それに似た仏像——半妖である草太には近づけないものだ。そもそもお堂に入った時点で、神仏たちがすごい形相で睨んできた。

「はぁ⁉　無理って何よ、新入りができないとかありえないんですけど。勤行は全員参加に決まってるでしょ」

草太が木戸にしがみついて中に入らずにいると、あかねがムッとした様子で睨みつけてきた。

「いやいや、無理ぃ！　俺、ここは入れないからぁ！　那都巳に……じゃない、若に頼んで免除してもらう！」

草太は大声で拒否した。するとあかねが草太のTシャツを引っ張って中に入れようとする。

「何、馬鹿なこと言ってんのよ！　勤行しないとか、ありえないっ！　大体、あんたどうやって師匠に取り入ったの⁉　もう弟子はとらないって言ってたのに……っ、しかも母親同伴とか、ふざけてんの⁉　私はねぇ、師匠に弟子入りするのにものすごい大変だったのよ！」

引っ張られてもびくともしない草太に苛《いら》ついたのか、あかねが目を吊《つ》り上げて怒鳴ってくる。

初対面から不穏だった理由が、うっすら分かってきた。あかねは新入りが気に入らないのだ。

「何と言われようと、無理だ！」

しつこく引っ張るあかねに業を煮やして、草太は思わずしがみついていた木戸に力を入れてしまった。とたんにばきっと嫌な音がして、木戸を破壊してしまう。あんぐりとあかねが口を開け、手を離す。

やってしまった。……初日から、物を壊した。

呆然として草太が木戸から手を離すと、渡り廊下を急いでやってくる足音がする。

「あかねさん、言い忘れてた」

那都巳の登場に、固まっていたあかねが我に返る。

「し、師匠っ、これはその……っ、中に入れようとしたらこいつが抵抗して」

青ざめた表情であかねが頭を下げる。慌てて草太も頭を下げた。壊れた木戸に気づいて、那都巳が顔を引《ひ》き攣《つ》らせる。

「初日から、すごいね。あのね、あかねさん。この子はここの掃除はしないから」

「えっ⁉　何故ですか？」

驚いてあかねが顔を上げる。

「この子は特別なの。勤行も必要ないから」

那都巳はさらりと言って、草太に目配せする。草太はホッと胸を撫で下ろした。

「それだけ言い忘れてたと思って。ごめんね」

那都巳が軽く手を上げて、渡り廊下を戻っていく。これで安心だと思い、草太はあかねを振り返った。すると、あかねの表情がさらに恐ろしいことになっている。はっきりと憎々しげに睨まれた。

「……特別、ね」

ぼそりと呟いて、あかねが目を伏せる。何か盛大に勘違いされているのは分かったが、だからといってまさか半妖ですと打ち明けるわけにもいかない。

（多分、この人、那都巳が好きなんだなぁー）

鈍い草太にも、あかねに疎まれる理由が読めてきた。あかねは新入りが入ったのも気に喰わないし、さらに特別扱いされているのも気に喰わないのだ。

「行くわよ」

あかねは背を向けて、渡り廊下を戻っていく。草太は居心地の悪い思いをしながら、その後をついていった。

安倍家での暮らしが始まり、草太は翌日、朝の五時に那都巳に起こされた。こんなに早く起きたのは遠足以来だ。まだ辺りは薄暗いし、寝足りない。

「半妖君、さぁ今日から本格的にお仕事だよ。お金を稼ぐのは大変だからね。まずは台所に行って、薫子《かおるこ》さんのお手伝いだ。顔を洗ってきて」

寝ぼけ眼の草太を見下ろし、那都巳が笑顔で述べる。那都巳はすでに白いカッターシャツにズボンときちんとした身なりだ。草太はあくびをしながら洗面所で顔を洗った。

「薫子さんを紹介するよ。ここでの料理を任されている大切な人だ。君はこれから薫子さんの手伝いをしてほしい」

那都巳は草太を厨房《ちゅうぼう》に連れて行き、シンクの前に立っていた小柄な白髪のおばあちゃんを紹介した。那都巳には三人の弟子がいて、那都巳が命じた雑用や仕事の補助をしている。それ以外に庭師の季長と、目の前に立っている真栄田《まえだ》薫子という住み込みの家政婦がいる。

「まぁ新しい子ですか。よろしくね。ずいぶん筋肉質ねー。細マッチョってやつかしら?」

薫子は草太の腕や腹をべたべた触り、微笑む。薫子は七十歳で、小さい頃から那都巳の本家で働いていたらしい。白いかっぽう着を着ていて、美味しそうな匂いを漂わせている。

「よっしくお願いしあーす‼」

草太は頭を下げ、厨房を確認した。安倍家の厨房はシステムキッチンのある一角と、竈《かまど》がある昔ながらの台所風景が混在している。時々大勢の客を招くこともあるので、中央には大きな料理台が置かれている。草太は渡されたエプロンをつけて、がんばるぞと気合を入れた。那都巳は朝の仕事があるそうで、とっとと消えている。

「まずはジャガイモの皮剝きをお願いね」

薫子はざるに入ったたくさんのジャガイモを草太に手渡す。草太は玉ねぎ一つ剝いたことがなかったので、薫子の指導の下、初めて包丁を握ることになった。

「うわっ、……っく、うおお」

慣れない手つきでジャガイモの皮を剝いていると、無意識のうちに声が出てしまう。こんなことなら、母が料理をしている時にもっと習っておけばよかった。

「うーん。熱意は買うけど、大きさが半分になったわねぇ」

ようやっとジャガイモをひとつ剝き終えて薫子に見せると、ため息を吐《つ》かれた。

「ピーラー使いなさい」

薫子が引き出しからピーラーを取り出して渡してくる。時間はかかったものの、薫子に渡されたジャガイモを全部ピーラーで剝いていく。

「ばあちゃん、今日の朝食、何？」

茄子《なす》に包丁を入れている薫子に聞くと、苦笑して「あんた、人懐こいねぇ」と言われた。

「若の弟子でそんなに気安い子、いないよ。皆もっとぴりっとしてるよねぇ。あんたも陰陽師目指してるんでしょ？　お経とか、覚えられるの？」

薫子は草太と三十分話しただけで、あまり頭がよくないと見抜いたようだ。

「俺、弟子じゃねーし。ボディガードだよ！」

玉ねぎを切り刻みながら、草太が言う。切れば切るほど、涙が出てくる。

「何だ、弟子じゃないのかい。そうだよね、確かにちょっと雰囲気違うもんね」

薫子は腑《ふ》に落ちたという表情で草太が切り刻んだ玉ねぎを鍋に入れる。

「棚の上の食器、とっておくれ」

薫子に言われ、一番高い場所に置かれている皿を取り出す。薫子とは仲良くやれそうだ。母よりもろそうな身体をしているので、触る時は注意しなければならない。

「そろそろお弟子さんたちが来るね。ここのお弟子さんは三食屋敷で食べていくのよ。賄いも大変」

薫子はそう言って廊下のほうを振り返る。八時頃に弟子が通いでやってくるようだ。たまに泊まることもあるらしいが、弟子は基本的に朝の八時から夕方七時までいる。ちょうど玄関から、チャイムの音がした。

「玄関を開けてきて」

薫子に言われ、草太は手を洗って玄関に走った。すりガラス越しに人影が見えて、草太は玄関の鍵を開ける。

「おっと……、おはよう」

引き戸をスライドすると、地味な服装の正二が目の前に立っていた。正二は草太を見るなり、後ずさる。

「はよーっす‼」

草太が元気よく挨拶すると、正二はちらちらとこちらを窺《うかが》いながら、なるべく草太に近づかないようにして中に入ってきた。ちょうどその後ろからあかねがやってきて、面白くなさそうな顔で草太を見る。

「はよざいまーっす‼」

あかねにも元気よく挨拶すると、顰めた顔で「朝からうるさい」と呟かれた。

もう一人はすぐ来るだろうかと門のほうを窺うと、笑梨がのろのろと歩いてくる。

「はよざいまーっす」

草太が笑顔で言うと、笑梨はぎょっとしたように立ち止まり、ぺこりと会釈した。

「あ……ども」

笑梨は聞き取れないほど小声で呟き、近づいてくる。一応挨拶をしたのでいいだろうと、草太はバタバタと駆け足で厨房に戻り、薫子の手伝いを続けた。朝食は七人分なので、量が多い。

野菜を切る量も多いし、鍋も大きい。

「そうそう、最初にお供物の準備をしなければね」

薫子が思い出したように食器棚を開ける。真ん中の段に白い食器が固まっていて、それらを取り出した。自分たちが食べる分より先に、神棚や仏前に上げる供物を運ばなければならないらしい。

「薫子さん、言い忘れてた」

薫子に命じられるままに白い食器に果物や米を載せていると、慌てたように那都巳が台所に入ってきた。

「薫子さん、この子には絶対供物は触らせないでね。穢《けが》れちゃうから」

草太が載せた供物をぽいぽいと捨てて、那都巳が言う。薫子がびっくりしたように目を見開き、固まった。

「若、穢れなんて……、えっ⁉　そのおっしゃりようは……まさか？」

薫子が急にぎくしゃくした様子で草太を振り返る。意味が分からず首をかしげていた草太は、薫子の引き攣った顔に、ハッとした。

「あっ、俺が穢れてんの⁉」

びっくりして自分を指すと、那都巳が頷いた。

「うん、そう。この子、人間じゃないから、供物関係は触らせないで。まだ、内緒だよ。うちの弟子が、どれくらいでこの子の正体に気づくか、試してるんだ」

那都巳は薫子に顔を寄せ、囁くような声音になる。

「ばあちゃんには正体、言ってもいいのか？」

草太が安堵《あんど》して聞くと、那都巳が頭をぐりぐりと撫でてきた。

「この子は半分人間で、半分鬼なんだ。ちょっと気に入ったんで、傍に置こうと思ってね。中身はただの悪ガキだから、心配しないで」

那都巳に微笑みながら紹介される。薫子は気を吞《の》まれように、「はぁ」と答えた。

「だから薫子さん、この子の食事はなるべく肉料理メインにしてあげて。人を喰わないようにさ。――あ、冗談だよ、冗談」

はっはっはと笑って那都巳が手を叩く。薫子がげんなりした様子で頭を抱える。那都巳や三人の弟子は、主に精進料理を食しているらしい。野菜だけでは腹が空いて仕方ないので、草太はよかったと胸を撫で下ろした。どうやら那都巳は三人の弟子が草太を鬼と見分けられるかどうかを試しているらしい。その意味においては、あかねはやばいのではと草太は同情した。

「そういうことなら、食材の買い入れも変更しますね。まぁ、若は人が悪い。私にはちょっとがさつなふつうの男の子にしか見えませんでしたよ？」

薫子にまじまじと見られ、草太はにかっと笑った。

「俺、人を喰ったことないから大丈夫だよ！　いい鬼だよ！」

ドンと胸を叩いて主張すると、ぶっと那都巳が噴き出して肩を震わせている。薫子も呆《あき》れたように笑い、供物を並べ始める。

「了解しました。私もそのつもりで扱いますよ。じゃあ、草太。こっちの鍋を見ててね」

供物は薫子が用意することになり、草太はぎこちない手つきで鍋を掻《か》き回した。

「じゃあ今から俺と弟子たちは朝の勤行だから」

那都巳がそう言って去っていったので、草太は食器棚から二人分の食器を取り出して、味噌《みそ》汁《しる》をよそった。薫子はいつも厨房で食事をするらしく、草太も食堂ではなくここで食べると決めた。料理台に二人分の食事を並べ、箸《はし》を摑む。

「ばあちゃんの飯、美味いなーっ。俺のかーちゃんも美味いけどな。味が違う」

薫子の作るご飯を貪《むさぼ》りながら、草太は笑顔になった。焼いた魚は頭から骨ごと嚙み砕き、煮物は全部平らげた。味噌汁とご飯はとりあえず二杯お代わりした。本当はもっと食べたかったが、皆の分がなくなりそうなので我慢する。

「あんた、よく食べるねぇ。これから量を増やさなきゃね」

薫子は草太の食べっぷりに見惚《みと》れ、やる気を高めている。

「ばあちゃん、何で一人でここで食べてんの？　那都巳や弟子さんたちと食べればいいのに」

漬物をぼりぼりさせながら、草太は不思議に思って尋ねた。庭師の季長は十時頃からやってくるので、昼飯だけは季長とここで食べているのだそうだ。

「私は古い人間だからね。主と使用人が一緒に食事をするっていうのが、違和感なんだよ。若は気にするなって言うけどねぇ。厳しく仕込まれちゃったから」

薫子は味噌汁を啜《すす》って、苦笑する。

「那都巳って安倍家っていうすごい陰陽師の子孫なんだろ？　本家って何？　実家みたいな？」

草太が興味深げに聞くと、薫子がうーんと唸《うな》りだす。

「まぁそんなとこさね。私はもともと若の叔父さんの元で働いていたからね。若がこの屋敷を継ぐ時、そのまま雇ってもらったのさ。季長もそうだよ」

薫子と季長は陰陽師という特殊な環境に慣れた人間なのだ。確かに鬼であると知らされても、薫子の態度は変化していない。むしろ少し優しくなった気さえする。母は鬼であることを知られないようにと釘を刺してきたが、陰陽師である那都巳の傍にいる人間なら正体がばれても大丈夫ではないかと安易に考えた。

薫子の話を聞きながら食事を終え、汚れた食器を食洗機に入れた。ちょうど朝の勤行が終わったらしく、あかねが食事をとりにやってきた。

「草太、手伝ってあげて」

味噌汁をよそっている薫子に頼まれ、草太は大きなお盆に全員分の皿を載せて食堂に運んだ。重さは問題ないが、皿が揺れて料理を落としそうになる。真剣な面持ちで廊下を歩き、食堂の大きなテーブルに並べていく。正二と笑梨は紺色の作務衣《さむえ》を着ていて、草太が食事を運んでいる姿を見て、固まっていた。――この二人は、草太の正体に気づいている。

あかねと一緒にテーブルに皆の食事をセッティングしていると、後から現れた那都巳が目を丸くした。

「あれ？　草太は一緒に食べないの？」

那都巳は草太もここで食べると思い込んでいたようで、皿の数を見て少しがっかりしたような表情になる。

「俺、もうばあちゃんと喰っちゃったんだぞ」

草太がさらりと答えると、あかねが脛《すね》を蹴ってくる。

「いって！」

「敬語使いなさいよ！　師匠に失礼でしょ！」

あかねに怖い目つきで叱責《しっせき》され、草太はひぃと身を縮めた。

「もう喰ってしまったです、で、あります？　えー、申し上げる？」

小学校では敬語についてくわしく学んでいないので、草太は混乱しながら答えた。那都巳がツボに入ったみたいで、また笑いを堪えている。

「頭弱いの⁉　あんた、いくつよ！」

あかねがイライラした様子を隠しもせず、言い募る。

「えっと、三歳……?」

草太が指を折り曲げて言うと、むかーっとした顔になって頭をぽかりと殴られる。しまった、馬鹿正直に答えてしまったと草太は拳を握った。

「違った、十二歳!」

小学校に通っていた頃は、聞かれた時こう答えろと言われていたのを思い出して、意気込んで言った。とたんにあかねが額を押さえる。

「精神年齢を聞いているわけじゃないわよ……っ、もういいから!」

運んできた炊飯器から白米をよそい、あかねがそっぽを向く。草太とあかねのやり取りが楽しかったのか、那都巳が真っ赤な顔をしてひーひー笑っている。正二と笑梨はあかねを複雑そうな表情で眺めていた。

「失礼しあーす!!」

草太は頭を掻き、お盆を抱えて厨房に戻った。

「草太、一時間後に買い出しに行くからつき合ってね。それまで休んでていいわよ」

薫子はお茶を飲みながら、厨房に置かれているテレビで、朝ドラを観ている。草太は一度部屋に戻り、昨日、部屋に放置したままのバッグを漁《あさ》った。那都巳は「部屋が寂しいだろうから」と昨夜小さな箪笥《たんす》と折り畳み式のテーブルをくれた。持ってきた衣服を箪笥にしまい、バッグの奥に入れておいたスマホを取り出した。

（かーちゃんにメール送っておくか）

那都巳の家に世話になるにあたり、母から渡されたスマホだ。心配だから様子を送ってほしいと言われていたのだ。今日は料理を手伝ったと書き記し、離れの木戸を早速壊したと告白しておいた。

（ここでやってくんだよなぁ……。大丈夫かな？　ま、どうにかなるだろ）

深く考えることはせずに、草太はごろりと敷きっぱなしだった布団に横になった。いつもより早く起きたので、眠気がやってきた。


すっかりぐーぐー寝てしまい、薫子に起こされて近所のスーパーに買い出しに行った。荷物持ちなら草太は有能だ。十キロの米を三袋くらい、余裕で持てる。

昼食は薫子が素麺《そうめん》を茹《ゆ》でて、庭師の季長と一緒に厨房で食べた。午後は季長に頼まれて、雑草とりだ。麦わら帽子を被《かぶ》って延々と雑草を引っこ抜いていると、庭の奥に蔵を見つけた。

「こんなとこに蔵があんだなー」

作業の手を止めて、草太は蔵に近づいた。白塗りの壁に、鬼瓦が載っている。草太が世話になっていた櫂の屋敷にも蔵があって、鬼の羅刹が好んで寝床にしていた。草太は柔らかい布団で寝るのが好きだし、暗く閉め切った場所は好きではないのでめったに入ったことはない。

「すげー鍵だな……」

観音開扉の前に立つと、錠前だけではなく、太い鎖が幾重にも巻かれていた。厳重な様相に感心していると、遠くから怒鳴り声が聞こえてきた。

「神薙君！　そこは駄目っ」

名前を呼ばれて振り返ると、あかねが血相を変えて走ってくる。どうしたのだろうと佇んでいると、すごい勢いで駆け寄ってきて、草太の腕を摑む。あかねは草太を蔵から引き離した。

「そこは案内してなかったけど、絶対に入っちゃ駄目だから！　あんたすごい怪力っぽいし、万が一鎖を壊したら目も当てられないわ」

草太の腕をぐいぐい引っ張って、あかねが断固として言う。かなり遠くから走ってきたみたいで、息切れしている。

「草太でいいよ。駄目って何で？」

あかねに手を引かれるままに歩きながら、草太は聞いた。

「怖いものがいるのよ」

振り返ったあかねは声を潜めて言う。

「怖い……もの？」

草太は目を丸くした。

「そう。師匠が調整中の妖魔よ。あんたみたいなお馬鹿な子が間違って入ったら、一呑みにされるわ」

あかねは辺りを気にしながら、小声で話す。どうやらあかねは草太の身を案じて、遠くから駆けてきたようだ。

「心配してくれたのか？　優しいじゃん、あかね！」

草太が明るく言い放つと、カッとあかねの顔に朱が走り、摑んでいた腕を振り払われる。

「だ、誰がよっ！　私は先輩なんだから、呼び捨てにしないで！　いい？　蔵には近づかないこと、守りなさいよ！」

あかねはキーキーした声で怒鳴りながら、乱暴な足取りで去っていった。怒ったり、心配したり、忙しい人だ。悪い人間ではなさそうなので、草太は手を振って見送った。

（調整中の妖魔かぁ……）

庭の雑草取りに戻り、草太は気になって蔵のほうを振り返った。那都巳は会うたびに違う式神を連れていて、中には恐ろしい妖魔もいた。自分の部下として使えそうな妖魔がいると、逆らわないようメンテナンスして式神にすると聞いた。

（そもそも式神って何だろう？　手下とか子分みたいな感じかなぁ……）

那都巳と契約を結んだ夜のことを思い出し、草太はそわそわした。

安易に式神になるべきものではなかったかもしれないと、今さらながら不安になった。とはいえ、解除方法も知らないし、三食昼寝つきの楽な生活なので今のところ不満はないが。

「草太、休憩しよう」

庭の木の剪定《せんてい》をしていた季長が、タオルで額の汗を拭いながら声をかけてくる。

「へーい」

むしった雑草をビニール袋にまとめて、草太は季長の後ろをくっついていった。季長は裏口から屋敷の中へ入る。裏口のドアを開けると、すぐ厨房になっているのだ。

「草太は冷たいほうがいいわよね?」

厨房には薫子がいて、塩大福を用意してくれていた。料理台を囲んで冷たい麦茶と塩大福を頬張る。皮がもちもちしていて、餡《あん》こがほどよい甘さだ。調子に乗ってぱくぱくと十個くらい食べていると、食べすぎだと季長に呆れられた。

「草太はこの後、夕食の手伝いよ」

薫子も季長も、孫を見るような目つきで草太に接する。

(もし、那都巳に逆らうようなことが起きたらどうするのかな)

二人と他愛もない会話をしながらも、草太の心の奥にそんな疑問が残った。

安倍家での生活は多少の失敗を除けば、問題なく過ぎていった。

皿を割ったり、ドアを壊したり、塀にぶつかって穴を開けたりしたが、草太の失敗を那都巳は一度も怒らなかった。櫂の屋敷では物を壊すたびに、いくらかかるだの、これを買うのにどれだけ大変かという小言が続くので、意外だった。那都巳は心が広いのだろう。

「今日は出かけるから、三人には星読みを頼みたい」

朝食のお茶を運んでいる途中、那都巳はテーブルに座っている三人に分厚い紙の束を手渡した。正二と笑梨、あかねの顔が引き締まる。何だろうと思い、紙の束を覗き込むと、名前や生年月日、生まれた時刻が書かれていた。

「後でチェックするから」

那都巳はにこにこして三人にそれぞれ紙を振り分ける。正二と笑梨の束より、明らかにあかねの束が少ない。

「星読みって何だ？」

那都巳の前にお茶を置き、草太は気になって尋ねた。敬語を使わなかったので、あかねにじろりと睨まれる。

「簡単に言うと、来年の運勢みたいなものだよ」

那都巳は湯気の立ったお茶を手に取って教えてくれる。陰陽師である那都巳の元には、運勢を見てほしいという依頼が一定数来るのだそうだ。

「そうだ、草太。今日は仕事で出かけるから、ついてきなさい」

思い出したように那都巳が言い、とたんに座っていた三人が身を硬くした。

「あ、うん」

頷きながらも、三人の態度が硬くなったことが気になった。正二と笑梨は不安そうな顔で那都巳を見やり、あかねは嫉妬心《しっとしん》を剝き出しにして草太を睨んでいる。

「じゃあ、車の前で待っていて」

三人の態度を気にするそぶりもなく、那都巳はゆったりとお茶を飲んでいる。仕事でついて来いと言うのだから、ボディガードの仕事かもしれない。ようやく役に立てそうだと草太は意気込んだ。

「あら。お仕事でついていくの。まぁ、お弟子さんに妬《ねた》まれないといいわね」

厨房に行って薫子に予定を告げると、心配そうな表情で見つめられた。

「妬まれ……!?」

草太が身をすくめると、薫子が面白そうに笑う。

「若が仕事につれていくのは、見込みのある者だけですからね。正二さんと笑梨さん辺りは草太の正体を見抜いてそうだから妬みはしないだろうけど、あかねさんはぜんぜん気づいてないものね。きっと自分より優遇されているように見えて、嫉妬でメラメラしてるんじゃないの？」

薫子は朝ドラみたいな展開だと面白がっている。そういえばあかねに睨まれたと思い出し、少々面倒くさくなった。

（ま、いっか。久しぶりに身体動かせるといいなぁ）

ガレージのある前庭に向かい、草太は期待に胸を膨らませた。数分ほどでスーツ姿の那都巳が登場して、ガレージからシルバーの車を出す。草太は手ぶらで助手席に乗り込み、ハンドルを握る那都巳を見た。

「どこ行くんだ？」

那都巳はゆっくりと車を屋敷から出しながら、草太をちらりと見る。

「まず、君にスーツをプレゼントする」

思いがけない言葉が返ってきて、草太は拍子抜けした。草太は今日もTシャツに短パンというラフな恰好だ。十月に入ろうというのに半袖はどうかと薫子によく言われるが、ぜんぜん寒くないので半袖で通している。

「スーツ……？　え、いいよ。何か堅苦しそうだし、ネクタイとかめんどい」

「駄目。今日伺う予定の家は、そんなTシャツ短パンで伺える家じゃないから。君、背は高いしスタイルいいからスーツは映えると思うよ。まぁ、いかにも新入社員っぽくなるけど……」

公道を走りながら、那都巳が笑う。プレゼントと言われたが、どうせもらうならもっと楽しいものがよかったとがっかりした。そもそもスーツだと動きづらい気がする。そんな草太の不満を一笑し、那都巳は銀座《ぎんざ》にあるスーツの店に向かった。

「これは、安倍様。いつもありがとうございます」

一等地にあるスーツ専門店に入ると、奥にいた初老の男性がすっと近づいてきて那都巳に挨拶した。草太はあまりにも場違いな雰囲気に、きょろきょろしっぱなしだ。ついている値札が、目玉が飛び出しそうになるほど高かった。客もいかにも金持ちそうな男性ばかりだし、居心地が悪い。

「中村《なかむら》さん。この子にスーツを見繕ってほしい。この後出かけるので、一式、適当に選んで着せてくれないか」

那都巳は初老の男性に、草太を引き合わせる。

「お、お願いしあーす‼」

とりあえず元気に挨拶をと草太が腰を九十度に曲げて言うと、中村と呼ばれた男が面食らったように固まった。

「いつもとは少し毛色の違う方のようですね。では、お任せください」

中村は草太の背中をそっと押して、にこやかに微笑む。

「頼んだよ。俺は少しこの辺をぶらついてくるから」

見知らぬ男に奥へ引き込まれて不安で振り返った草太に、那都巳は明るく手を振って店を出て行く。

「何かお好みの色など、ございますか？　なければ今日の安倍様のお召し物に合わせてご用意いたします」

中村はワイシャツがずらりと並んだ棚に草太を連れて行き、愛想よく聞く。

「よ、よく分かんねー……ので、お任せしまっす」

シャツの良し悪しがまるでちんぷんかんぷんだったので、草太は早々に考えるのを放棄した。中村の目がきらりと光り、すごい速さで草太の身体のあちこちのサイズを測り始めた。中村はいくつものシャツを取り出しては草太の身体に当てていく。シャツやネクタイ、上下のスーツを次々と取り出して、あっという間に草太の前に揃えた。びっくりしたのだが、靴下や靴まで用意された。

「どうぞ、試着室はこちらでございます」

中村にカーテンの奥の小部屋へ連れて行かれ、吊るした服を並べられる。草太は焦ってTシャツをがばっと脱いだ。びっくりしたように中村が一礼する。

「すみません、私が下がるのが遅すぎましたね」

中村は自分がいるのに草太が脱ぎ始めると思わなかったようで、悪戯《いたずら》っぽい表情になって試着室を出て行った。

（うぉ。焦ったぁー。スーツなんて試着したことねーから分かんねーよ。ってか、これどうやって着んの？）

試行錯誤でワイシャツに袖を通し、ちまちまとボタンを嵌《は》める。ズボンを穿《は》き、ベルトを通して靴下を履く。スーツはどうにかなったが、問題はネクタイだ。

「うう、あのー……これどうやって結べば……?」

試着室のカーテンを開けて待っていた中村に小声で話しかける。中村は草太のスーツ姿をじっくり眺め、満足げに微笑んだ。

「スタイルが良いので、大変似合いますね。ネクタイの結び方をお教えします」

中村はゆっくりとした動きで、丁寧に説明しながら草太の首にペイズリー柄のネクタイを締めていく。少々お待ちを、と中村が消えたと思ったら、ワックスを持って戻ってきた。中村は草太の髪をワックスでちょいちょいと撫でつける。ちょうど那都巳が店に戻ってきたところで、スーツに身を包んだ草太を見て、拍手した。

「おー。すごいじゃないか、さすが中村さん。馬子にも衣裳《いしょう》だ」

那都巳に褒められたものの、シャツの一番上のボタンまで嵌めるのは久しぶりで、窮屈でたまらなかった。ネクタイの結び方はさっぱり覚えられなかったし、革靴は初めて履くので音が鳴るのが気になって仕方ない。

「ううー。何か大人みてー」

全身が映る鏡で確認すると、別人みたいだ。ぼさぼさの髪をワックスで撫でつけているせいもあって、見知らぬ大人に見える。

「雪さんに送ってあげよう」

那都巳は嬉々として草太の写真を撮り、会計を済ませている。ちらりと合計金額を見たが、見たことのない怖ろしい数字が並んでいた。

「いいね。君、顔は綺麗なんだな。母親も美人だしね。黙っていれば、目を惹く容姿だ。バーで酒を飲んでいたら声をかけてしまうな」

店を出る間も那都巳は満足そうに草太を眺めている。革靴で歩くのが慣れなくて、草太はぎくしゃくした動きで那都巳の車に戻った。

「じゃ、行こうか。今日は家の間取りや風水を見てほしいという依頼だ。二件行くけど、一件目は問題ないと思う。二件目は……君の出番かな」

駐車場に停めていた車に乗り込み、那都巳は意味ありげに微笑んだ。草太は高い服を汚さないようにと緊張して背筋を伸ばしていた。

車で十五分ほど走った先に、目的地の家があった。三階建てのいかにも豪邸という家で、ガレージに高級車が四台停まっていた。那都巳は車を降りる際に、草太に「口を閉じていてね」と耳打ちした。

「まぁ、おいでをお待ちしておりました。那都巳先生」

大きな玄関に出迎えてくれたのは、ひらひらした服を着たマダムだった。腕に白くて毛の長い猫を抱えている。猫は草太と目が合うなり、毛を逆立てて、部屋の奥に逃亡してしまった。

「檜《ひのき》のいい匂いがしますね。ああ、こっちは助手です」

那都巳はにっこりとマダムに微笑み、草太の背中を撫でる。とたんに腰が九十度に曲がって、マダムに対して頭を下げていた。勝手に動いた身体にびっくりしていると、マダムが「どうぞ、中へ」と微笑む。

那都巳について中に上がると、新築らしい木の匂いがした。壁も真っ白だし、床も天井も窓も綺麗だ。広々としたリビングに通され、草太は壁際に立たされた。那都巳が草太の目をじっと覗き込み、「君はここにいて」と囁く。

那都巳はマダムのほうに戻り、愛想の良い顔つきで内装に使った資材の話をしている。

「先生、どうです？　我が家は風水的に」

マダムは熱っぽい視線を那都巳に向け、媚《こ》びるような声を出している。那都巳は玄関やリビングを見回し、深く頷いた。

「玄関には生花を飾っていて、とてもいい気が入ってくるのを感じます。造花はどれほど美しくても飾らないようにして下さい。靴も棚にしまわれているし、綺麗にしていて、いいですね。リビングは問題ないようです。キッチンは……」

那都巳はマダムと一緒に部屋を回りながら、あれこれ指導している。草太には何のことやらさっぱり分からなかったが、那都巳が階段の前で立ち止まって考え込んでいるのが気になった。

「一階はいいですが、二階に少し気になる部屋がありますね。西の方角にある部屋です。どなたが使っていますか？」

那都巳は階段を見上げて顎を撫でる。とたんにマダムの顔色が変わった。

「ええ……実はそこは次男の部屋なんですけど……」

言いづらそうに言葉を濁すマダムに、那都巳はしばらく黙り込んで階段を見つめた。草太も気になって耳を欹《そばだ》てた。二階からかすかに人の気配がする。

「息子さん、引きこもりですか？」

ようやく口を開いたと思ったら、那都巳がさらりと問う。その言葉に弾かれたようにマダムが廊下を後ずさった。

「わ、分かります？　先生には隠せませんね……。あの子のためにもリフォームしたんですけど……やっぱりまた引きこもっちゃって」

ため息と共にマダムが呟く。

「うーん、息子さんの部屋に霊道が通っちゃってるな。ちょっと話しても構いませんか？　ついでによくないものも追い払いましょう」

気楽な口調で那都巳が言いながら、階段を上がっていく。マダムもそれに続いたので、草太は一階に一人だけになった。

「ん？　んん？」

一人になったので探検しようとしたのだが、何故か身体が動かない。焦って手足を動かそうとしても、痛みが戻ってくるだけだ。

(どーなってんの?)

困惑しつつ棒立ちになっていると、三十分ほどして二階から那都巳とマダムが戻ってくる。

「先生、ありがとうございます! 息子と久しぶりに話せました!」

何が起きたか知らないが、マダムは涙ぐんで那都巳に礼を言っている。リビングに戻ってきた那都巳は、固まっている草太を見て、ふっと笑った。

「息子さんは感受性の強い方のようですね。徐々に良くなると思いますので、あまり心配しないでいいですよ」

那都巳はマダムに促され、ソファに腰を下ろす。使用人らしき女性が奥から現れ、テーブルにお茶と和菓子を置いていく。草太も食べたかったのに、身体が一向に動かない。那都巳は渡された地図を広げ、マダムにこの近くの神社がどうのと指示している。マダムは真剣に那都巳の話に聞き入り、メモをとっている。

「——ではそのように。そろそろお暇します」

一通り話が終わると、那都巳が微笑んで腰を浮かせた。マダムはもっといてほしいというそぶりだったが、那都巳が「この後も依頼があるので」とやんわり断る。

「草太、行くよ」

壁際に立たされていた草太の肩を那都巳がぽんと叩いた。すると先ほどまでどうやっても動かなかった身体がスムーズに動くようになった。

（なんじゃこりゃ？　つーか、身体がぎしぎしするんだけど？）

狐《きつね》につままれたような思いで、草太は那都巳の後をついていった。今は自分の思うように身体は動くが、何故かあちこちが痛い。どこかにぶつけたのだろうか？

豪邸の玄関を出ると、那都巳がおかしそうに笑いだす。

「無理やり動こうとしただろ？　節々が痛いんじゃない？」

車に乗り込みながら笑われ、草太は目をぱちくりした。

「何で分かるの？　ってか、さっきの何？　何で俺、動けなくなった？」

助手席に乗り込みながら質問すると、那都巳が唇の端を吊り上げて車を発進させる。

「君にちょろちょろ動かれると困るから、あの空間に縫い留めておいただけ。君は俺の式神だから、俺に命じられると従ってしまうんだよ」

平然と言われ、草太はぽかんと口を開けた。那都巳の命令に逆らえないということか。式神って大変なんだと改めて気づいた。

「申し訳ないけど、君が世間一般の常識を身につけるまでは、行動を制限させてもらうよ。半妖である君が動き回ると、場が乱れるからね」

「はー……」

草太は何と言っていいか分からず、間抜けな面をさらした。そういえば櫂の屋敷にいた時も、木札をつけられて、櫂の命令に逆らえないようにされた。自分はそんなに常識がないのだろうか？　急にもやもやしてきて、草太は頬を膨らませた。

「俺、もう大人なのに！　強制だるまさんが転んだじゃん！」

今さらだが、那都巳に逆らえないと言われると腹立たしくなってきて、草太は文句をぶつけた。

「強制だるまさんが転んだかぁ。文句も小学生レベルだな。鬼の成長速度は速いって聞くけど、外側だけみたいだね。命令が嫌なら、次のところでは大人しくしててね。邪魔になるようならまた命じる」

那都巳は草太の怒りを気にした様子もなく、運転している。高級住宅街を車で走ること十分、高さ四、五メートルはあるコンクリートの壁に囲まれた屋敷に辿り着いた。那都巳は門のある場所で車を停め、インターホン越しに誰かと話している。

『どうぞ、中へ』

男の声の後に門が開けられ、那都巳は車を中へ入れた。

「ひえー。すげぇでかい家だな！」

草太は窓から邸内を見回し、歓声を上げた。那都巳や櫂の屋敷もでかいが、ここは規模が違う。都会の真ん中なのに広々とした敷地が奥まで続いている。邸宅は和モダンな造りで、那都巳の屋敷のほうが大きいくらいだが、ともかく庭が広かった。邸宅の前の庭は芝生が敷き詰められていて野球かサッカーができそうな広さだし、しかも庭にプールがあった。

「君は初めて来たんだね」

車を降りた那都巳がにこりとして言う。どういう意味か分からず、草太は首をひねった。那都巳は竹が群生している辺りを振り返り、草太の肩を抱く。

「ああ……また変なこと始めてるな。あの人も懲りない」

低い声で呟き、那都巳が草太を邸宅に引っ張る。気になって竹藪《たけやぶ》のほうを振り返ると、ぞくっと背筋を寒気が伝った。竹藪の辺りに、何かいる。得体の知れないものがこちらを窺っている。

「こら、見ない。君が近づくと、余計活発になる」

草太の頭を無理やり前に向かせ、那都巳が皮肉っぽく笑う。どうやら竹藪には、草太と同じ種類のものがいるらしい。

「ここも家の中を見るのか？　風水とか言ってたけど、風水って何？」

草太は先ほどの家で那都巳がしていたことを思い出し、首をかしげた。

「風水か……。ざっくばらんに言うと、地面には龍が横たわっているとされていてね、その龍の動向を元に気の流れを読むという術だね」

那都巳は空を見上げて言う。

「え、龍なんているの？」

草太がびっくりして聞くと、那都巳が複雑な表情で顔を覗き込んできた。

「君がそれを言うの？」

呆れたように言われたが、龍なんて会ったことがない。半妖である自分は鬼である父の血を引いているらしいが、生まれた時には父は死んでいたので、鬼や妖魔に会ったのは以前住んでいた櫂の屋敷が初めてだ。そこでも龍は見たことがない。

「龍ならよく空を飛んでいるよ。東御苑辺りはしょっちゅういるよ」

当然と言った顔つきで那都巳に言われ、へーと草太は感心した。ゲームでドラゴンを倒したことはあるが、あれとは違うのだろうか。

「人は生まれた年によって五つの性に分かれるとされている。それぞれには適した龍が守る土地と、不向きな龍が守る土地がある。だから住むところというのは重要なのだよ。さらに屋敷には相というものがあってね。これらを組み合わせて、自分が最も運気を高める方法を探る――それが風水かな」

那都巳は柔らかな口調で草太に言い聞かせる。

「よく分かんねーけど、じゃあこの家の主は最強ってことか？　ここ、なんかすごいだろ？　地面が熱いもん」

草太が邸宅を指して言うと、那都巳が驚いたように目を瞠《みは》った。その唇の端が吊り上がり、面白そうな目で草太を見る。

「君は常識はないけど、勘はいいみたいだな。そう、この家の主は最強だよ。ただし、彼が亡くなったら栄華は終わるだろうね。すべて彼のためにあつらえたものばかりで、子どもや孫の中でこの最強の土地を扱える人はいないだろう」

那都巳は草太の肩から腕を外し、正面玄関に足を向けた。すっと扉が開き、スーツ姿の四十代くらいの男性が現れた。

「お待ちしておりました。安倍様」

男性は礼儀正しく挨拶を交わし、ちらりと草太を見やる。

「この子はお供です」

那都巳はにっこりと笑って草太の背中を押す。

「初めまして！」

草太は大きく頭を下げ、大声を出した。てっきり屋敷の主人だと思ったのだ。

「秘書の原田《はらだ》です。中へどうぞ」

原田と名乗った男は草太の大声を華麗に無視して中へ誘う。

「家における風水で最も重要なのは玄関だ。ここは『氣』が入る場所。滞りなく家の中へ送らねばならない。よい『氣』は汚れや異物によって簡単に純度が下がる」

那都巳は草太に聞かせるように、手を広げる。塵《ちり》一つない綺麗な玄関だった。靴は一足も置かれていないし、美しい絵画が壁に飾られている。正面には一メートル四方の大きさの生け花が置かれていて、甘い花の匂いが漂っていた。

「ふーん。そーなんだぁ」

草太は感心して頷いた。

「安倍様にしては珍しい感じのお弟子さんですね」

草太の子どもっぽい返事に、原田がくすりと笑う。

「この子は弟子じゃないんだ。一応ボディガード、かな？」

中に通された那都巳が、後ろをついて歩く草太を見てニヤリとする。

「俺、ボディガードっす！」

ボディガードと言われて草太が喜んで胸を叩くと、階段を先導していた原田がハッとしたように草太を振り返ってきた。先ほどまでの笑みが消え、窺うように那都巳を見やる。

「原田さんはさすがだなぁ。この子の正体、勘付いた？　悪さはしないから安心して」

那都巳は面白そうに原田に笑いかけている。それで互いに通じるものがあったのか、原田は無言で階段を上っていった。

長い廊下を進み、大きな扉の前で原田は足を止めた。軽くノックして「一二三《ひふみ》様、安倍様がいらっしゃいました」と部屋の中に声をかける。ややあって「入れ」と声がして、原田が扉を開ける。

扉を開けると、重厚な絨毯が敷かれた部屋が視界に入ってきた。アンティーク調のソファセットに猫脚のテーブル、奥には大きなデスクがあり、書類が山積みになっている。

「待っておったぞ。氷室君が捕まらなくてな、君が空いていて助かった」

デスクに座っていた老人が席を立ち、入り口近くにいる那都巳たちのほうへ寄ってくる。七十歳くらいの小柄な老人だった。アロハシャツと短パンといったラフな服装で、にこにこしてソファに座る。この老人が一二三と呼ばれる人だろう。一見にこにこしているが、目は笑っていないので、何だか怖く感じる。

「お久しぶりです。お招きありがとうございます」

那都巳は慇懃《いんぎん》無礼《ぶれい》な口調で一二三の向かいのソファに腰を下ろす。草太はどうしようか迷ったが、一軒目の家と同じように那都巳の横に立っていた。

「そっちの子は……」

一二三は那都巳の横に控えている草太に気づき、じっと見つめてきた。草太は背筋を伸ばした。怖い眼力を持つ老人だ。那都巳はニヤニヤして一二三の様子を窺っている。

「人間か？」

一二三にストレートに聞かれ、草太は目を見開いた。一二三は陰陽師なのだろうか？　初見で正体を見抜いてきたなんて。

「感度は落ちてないようですね。彼は半妖です。氷室君の家にいたんですけど、俺が引き抜きました。今、調整中ですね」

那都巳は愉《たの》しげに一二三に語っている。半妖と聞き、一二三の目が好奇の色を湛《たた》えて草太を観察してきた。ねっとりと絡みつくようで、あまり嬉しくない視線だ。

「そのような生き物が本当にいるのか……。実に面白い。氷室君は隠していたのか？　金で買えるなら、いくらでも出したいところだが」

一二三に舌なめずりされて、草太はぞわぁっと鳥肌を立てた。

「ふつうの人間には扱えませんよ。それより、竹藪のほうでよからぬものを作っているようですね？」

那都巳はあっさりと一二三の期待を打ち砕いた。ちょうどノックの音と共に、先ほど迎えに出た原田がお茶とお茶菓子を持って入ってくる。お茶菓子は白い饅頭《まんじゅう》で、食べたいなぁとそそられたが、一二三と向かい合うのが嫌だったので、黙って立っていた。

「――そう、今回頼みたいのは、それの副産物でね」

原田が部屋から去っていくと、一二三が低い声で切り出す。

「余計なものまでくっついてきて、困っているんだ。地下の箱にしまってあるんだが、退治してくれないか？　すぐに封印したからはっきりは分からんが、蜘蛛《くも》っぽい。黒くてぎざぎざした歯をしていた。費用はいつもの額に、これだけ上乗せしよう」

淡々とした口調で一二三は那都巳に指を三本立てる。

「了解しました。では、ちょっと行ってきますよ」

那都巳はすんなりと頷いて、お茶を一口飲んで腰を浮かす。指三本でいくらなのだろうと草太は気になった。

「草太、おいで」

勝手知ったる様子で那都巳は草太を手招き、部屋を出る。廊下を歩きながら、草太は身震いして腕を摩《さす》った。

「あのじいちゃん、気味悪ぃな」

草太が小声で言うと、那都巳がくっと笑う。

「そうだね。人間というより、もはや魑魅魍魎《ちみもうりょう》の類かもね」

明るく返されて、草太は呆れて那都巳をじろじろ見た。那都巳は階段を軽やかな足取りで歩いていく。

「先生んとこにも依頼の人は来てたけど、皆困ってるーって感じだったぞ。あのじいちゃん、ぜんぜんそんな感じないじゃん？　それに俺のこと、こわーい目で見てた……。うう、きしょい」

一二三の視線を思い返し、草太はぶるりと身をすくめた。

「そうだね、万が一にでも捕まったら、全力で逃げなさい。君なんかぺろりと食べられちゃうよ。人体実験の一つや二つ、平気でやりそうな御仁だし」

怯《おび》える草太をからかうように、那都巳が言う。ひえっと草太が悲鳴を上げると、笑いながら一階の廊下を奥に進む。角を曲がり、さらに奥へ進むと、扉があった。那都巳が扉を開けると、地下に下りる階段が出てくる。明かりは天井につけられた豆電球だけで、薄暗かった。

「恐らく物の怪を箱に封じ込めたのだろう。あの人、やり方は教えてないんだけど、そういうのを呼び出す方法を知ってるんだよね。今回はその退治。せっかくだから、君に任せようと思う。物の怪を退治してみて」

靴音を響かせながら階段を下り、那都巳が説明する。

「おおっ、俺の力を見せつける時が来たな！」

草太はがぜん張り切って、ネクタイを弛《ゆる》めて背広を脱ぎ始めた。雑用よりこういう妖魔退治のほうがよっぽどいい。いいとこ見せるぞと、闘志を燃やした。

地下室は打ち放しコンクリートの壁と床で、部屋の真ん中に丸い木のテーブルが置かれているだけだった。広さは四十メートル四方あり、壁のスイッチを押すと天井の明かりがついて見通しがよくなった。

「ところで君は羅刹みたいに火を噴けるの？」

丸い木のテーブルに近づき、那都巳が素朴な疑問をぶつけてきた。木のテーブルには漆塗りの習字道具を入れるような箱が置いてあった。何やら読めないが、お札が貼りつけてある。

「火を噴いたことはないな―」

草太は腕を組んで、眉根を寄せた。

「じゃあ闘いの時は、何を基本に？　俺、君が闘ってるところ見たことないから、参考までに聞かせて」

　那都巳に問われ、草太は胸を張った。そういえば櫂のために鬼と闘っていた時は、那都巳はいなかったのだ。

「拳で！」

　草太が高らかに拳を突き上げて言うと、那都巳が黙り込んだ。

「男なら拳で語り合えって、マンガにあったぞ！」

　思ったような那都巳の反応が得られなかったので、草太は重ねて言った。那都巳は箱を開けようとしていた手を止め、無言で背広の内ポケットから竹管を取り出す。

「君が失敗した時のために、二番手を用意しよう」

　ぼそりと呟かれ、草太はムッとして拳を振り回した。

「俺、強いって！　任せろって！」

　ムキになって言い募るといっそう不安が増したのか、那都巳は札も用意する。こんなことなら火ぐらい噴けるようになるんだったと後悔したが、噴き方がさっぱり分からないので仕方ない。

「じゃあ開けるよ。鬼に戻って。多分、蜘蛛系だと思う」

　那都巳に言われ、草太は気合を入れて四股《しこ》を踏んだ。とたんに身体が熱くなり、こめかみの辺りに角が飛び出てくる。鬼の姿に戻っても、草太の体形はあまり変わらない。鬼仲間の羅刹は一回り大きくなるのに。

「がんばってね」

那都巳は封印の札をべりっと剝《は》がし、蓋を開ける。とたんに黒く禍々《まがまが》しい煙がもくもくと出てきて、大きな黒い影が飛び出てきた。その動きは俊敏で、テーブルから床に飛び移ると、次には天井にジャンプする。

「うおー、マジで蜘蛛っ‼」

天井に張りついた物の怪は、大きな蜘蛛の姿をしていた。大きさは草太と同じくらいあって、太い脚がかさかさと蠢《うごめ》いている。草太は大きく跳躍して、蜘蛛の脚を摑んだ。

「ひえっ」

蜘蛛の脚を引きちぎろうとすると、口から白い糸が飛び出てくる。粘着系の糸で、あれに絡まったらまずいと草太は胴体に飛び移った。するとそれを厭《いと》うように蜘蛛が天井から壁に移動していく。その時、気づいた。頭のところに顔みたいな模様が浮き出ている。黒っぽい目とぽっかり穴の開いた口。

「こいつ顔がある！」

胴体にしがみついていた草太は、びっくりして大声を上げた。那都巳を振り返ると、部屋の隅で手を振っている。いいところを見せなければと、草太は蜘蛛の頭を拳で叩きつけた。嫌な感触と共に、蜘蛛が大暴れして草太を振り払う。摑んでいた手が外れ、思いきり振り飛ばされる。

「あいてっ！」

床に転がった草太は、瞬時に飛び起き、逃げる蜘蛛を追いかけた。再び脚を摑む。思いきり引っ張ると、ぶちっと嫌な音がして脚が千切れた。やったと思ったのも束の間、白い糸を吹きかけられ、とっさに横に身体をずらした。左腕に白い糸が絡みついて、とれなくなる。

「うー気持ち悪っ」

くっついてとれない糸に右往左往しながら、草太は足と片方の腕を使って蜘蛛の脚を次々と引きちぎっていった。動きが鈍くなったところで、蜘蛛の顔を殴打する。

『う……うう…』

とどめを刺そうとした草太の耳に、しわがれた声が届いた。思わず拳を止めると、蜘蛛の頭に浮かんだ黒っぽい目が、じっと草太を見つめる。

『何故私を殺す……？　お前は鬼なのに……人の味方をするのか？』

低くしゃがれた声が蜘蛛から聞こえてきて、草太は固まった。

「え？　鬼なのに……？」

闘いの最中だったが、蜘蛛に聞かれ、ついぽかんとした面をさらしてしまった。それが隙になったのだろう。蜘蛛が身体を反転して、草太の脇腹辺りに牙を突き立ててきた。

「いってーっ‼」

　強烈な痛みを感じて、草太は渾身《こんしん》の力を振り絞って蜘蛛の胴体に拳を叩き込んだ。草太の右腕は蜘蛛の胴体を貫き、断末魔の悲鳴と共に、蜘蛛がぴくぴくと痙攣《けいれん》する。

「うう……っ」

　右腕を引き抜くと、蜘蛛がひっくり返り、動かなくなった。まだ反撃するだろうかと様子を窺ってみたが、しばらくするとぴくりともしなくなった。死んだのだろう。

「よくやった」

　壁際にいた那都巳が近づいてきて、満足そうな顔で草太をねぎらう。草太は噛まれた脇腹が痛くて、身体を折り曲げていた。那都巳が草太の腕を拘束していた糸を術で燃やす。やれやれと一息つくと、那都巳は何かを待つように草太を見つめている。

「ん？」

　草太が険しい顔で那都巳を見返すと、蜘蛛に向かって顎をしゃくられた。

「食べないの？　鬼って物の怪を喰うんだろ？　倒した物の怪を食べると強くなるって聞いたけど」

　当たり前のように言われ、草太は目を剝いた。

「えっ、これを……？」

　草太は大きな蜘蛛の死骸《しがい》を指さして顔を引き攣らせた。そういえば鬼の羅刹も倒した物の怪を喰うと強くなると言っていた。——だが。

「生で？」

草太は情けない声で問う。

「物の怪を焼いて食べている鬼には会ったことがないね」

那都巳は顎を撫でて、頷く。草太は固まって物の怪を見下ろした。草太は成長した鬼になった際、吉野《よしの》の山に身を潜めていたことがある。その時も出会った物の怪と諍《いさか》いになって闘った経験はある。けれど草太はどれだけ腹が減っていても、物の怪を食べたことはない。

「マジか……。うー」

草太はおそるおそるといった様子で、蜘蛛の脚を一本持ち上げた。びっしり毛が生えていて、黒と黄色のまだら模様だ。とても美味しそうには見えず、悩んだ末に仕方なく牙を立ててみた。

「うー……。うー……」

もそもそと咀嚼《そしゃく》してみたが、すぐにげーっと吐き出した。

「クソ不味《まず》い！　無理！」

草太は蜘蛛の脚を放り投げて、ぺっぺっと口の中のものを吐き出した。那都巳は奇異なものを見る目つきで草太を眺めている。

「物の怪を食べられない鬼に初めて会ったな。人としての生活しか知らないからだろうか？とはいえ、物の怪を食べなきゃいつまで経ってもレベルが上がらないだろう。とりあえず脚だけ別にして、焼いてみたらどうだろう？」

那都巳に提案され、草太は情けない顔で頷いた。胴体から脚を引きちぎり、八本の脚を脇に除《よ》ける。那都巳はそれを確認して、懐から札を取り出した。そして何か呪文《じゅもん》を唱えながら蜘蛛の胴体に貼りつける。

「わーっ」

札を貼られたとたん、蜘蛛の胴体が黒い粉となって消滅した。貼っていた札も燃やされたみたいに灰となって消える。

「怪我をしたのか」

妖魔を消滅させた那都巳は、箱を抱えて草太の脇腹を覗き込む。白いワイシャツは裂かれ、血が滲んでいる。蜘蛛の噛み痕《あと》がくっきり残っている。背広を脱いでおいて、本当に良かった。買ったばかりで破くところだった。

「俺、怪我すぐ治るから」

少々痛みはあったが、草太は強がって言った。

「こいつを食べれば、治ると思う。庭に出ようか」

那都巳は床に落ちている背広を拾い上げ、草太を気遣いながら階段を上がっていった。一階に上がると、廊下に原田が待っていて、草太が抱えている八本の巨大な蜘蛛の脚に後ずさった。

何か言いかけたが、原田は草太の怪我に気づき、顔を曇らせる。

「医師を呼びますか？」

原田がスマホを取り出すと、那都巳が首を横に振った。

「いや、必要ない。それより焼却炉を貸してくれ。あと大きなナイフがあるといい」

那都巳は持っていた箱を原田に手渡し、微笑んだ。すぐに原田が身を翻す。那都巳は真っすぐ玄関に向かい、竹藪が生えている奥庭に向かった。竹藪の手前に家庭用の焼却炉があり、草太が抱えていた蜘蛛の脚を下ろさせる。

「焼くのか！」

草太は身震いして叫んだ。そこまでして蜘蛛の脚を食べさせようとするなんて……。

「げてものを喰う趣味の人もいるから、きっと大丈夫だよ。半目で見れば、蟹の脚に見えなくもない。まぁ俺は絶対食べないけど」

那都巳はにこやかな笑顔で言う。

「那都巳様、こちらを」

邸宅から原田が駆けてきて、サバイバルナイフを手渡してくる。那都巳は焼却炉に入る程度の大きさに蜘蛛の脚を切断し、火の入った焼却炉にぶちこんでいく。おぞましそうな顔で原田がそれを見守っていて、草太も逃げ出したくなった。

「まぁこのくらいでいいかな」

那都巳は焼却炉の扉を開き、火の通った蜘蛛の脚を火掻き棒で外へ出す。焼いたせいか、香ばしい匂いが漂ってきて、草太は少しだけ希望が湧いた。那都巳は皮の部分をサバイバルナイフで剝ぎ取り、身をむき出しにした。

「さぁどうぞ」

那都巳が容赦ない笑みを浮かべ、草太に焼けた蜘蛛を押しつけてくる。草太はかなり躊躇《ちゅうちょ》した末に、のろのろと蜘蛛の身を手で摘まんだ。どうにでもなれという気持ちでぱくつくと、思ったよりも食べられた。味は特にないし、匂いもない。焼いたせいかとろりとしていて、我慢すれば一本くらいいけそうだった。

「なぁー、何か塩とかマヨとかないの？」

草太はげんなりした表情で蜘蛛の脚を咀嚼した。原田が「持って参ります」とすぐに邸宅に戻り、五分後には調味料一式を運んできた。

「どう？」

蜘蛛の脚を不味そうに食べている草太に、那都巳がニコニコして聞く。絶対嫌々食べている草太を面白がっている。

「マヨネーズとケチャップをつければ、まぁまぁ……」

草太は地面にあぐらをかき、蜘蛛の脚にあらゆる調味料をかけて腹に収めた。さすがに四本目でもう食傷気味になり、残りは勘弁してもらった。

「お、おお……？」

不味いものを喰わされてへこんでいたが、しばらくすると全身に力が張《みなぎ》って、体力が上昇したのを感じた。しかも怪我が綺麗に治っている。これが物の怪を食すと強くなるという意味かと、感心した。

「初日にしては、いい働きをしたよ。ご苦労様、もう帰ろうか」

那都巳は満足そうに草太の頭を撫で、笑顔になる。これでいいのだろうかという疑問も少し残ったが、草太は深く考えることもなく那都巳の後ろにくっついていった。

■二章　存在意義

那都巳《なつみ》の屋敷に戻る頃には、すでに日はとっぷりと暮れていた。三人の弟子は帰宅していて、居間のテーブルの上には何やら書き込まれた紙の束が三つ置かれていた。那都巳はそれらをすごい速さで確認し、ふうとため息をこぼす。

「処理能力が遅いな。あかねさんに至っては計算ミスがある」

やれやれといった表情で、那都巳は紙を重ねる。

「お帰りなさいませ、若。夕食をお持ちしてもいいですか？　あら、草太《そうた》。かっこいいじゃない」

薫子《かおるこ》がかっぽう着姿で居間に顔を出す。薫子はスーツ姿の草太に、目を輝かせている。すぐにワイシャツがボロボロになっているのに気づかれ、何事かと呆《あき》れられた。スーツはクリーニングに出すそうで、買ったばかりのシャツは捨てることになった。

「夕食、お願い。草太も食べる？　お腹いっぱい？」

那都巳に聞かれ、草太は張り切って手を上げた。

「食べる、食べる！　あんなクソ不味《まず》いもの喰わされたから、口直ししたい！」

草太が喜んで拳を突き上げると、那都巳がくすっと笑って薫子に顔を向けた。

「じゃあ草太の分も。たまには一緒に食べよう」

那都巳は食堂のダイニングテーブルに腰を下ろし、薫子を手伝おうとする草太を斜め向かいの席に腰かけさせた。すぐに薫子が二人分の食事を運んできた。那都巳は魚料理だが、草太は生姜焼きを作ってくれた。

「うー、美味いぃ！」

生姜焼きを貪《むさぼ》り、ご飯をかっこんで、草太は心の底から美味しいと薫子の料理を褒め称《たた》えた。あっという間にご飯を平らげ、おかわりと叫ぶと、那都巳が楽しそうにお茶を啜《すす》る。

「よく食べるなぁ。見ていて気持ちいい」

那都巳は小食なのか、すぐに食べ終わり、すごい勢いで食事する草太を眺めている。まだまだいけると草太が豪語すると、薫子が追加で肉を焼いて運んできてくれた。

「ばぁちゃんの飯は美味いな！　ばあちゃんの飯はいくらでも喰えるぞ」

野菜を残してひたすら肉とご飯ばかり食べていると、薫子に「野菜も食べなさい」と叱《しか》られた。

「うえぇ。俺、肉だけでいいのに」

「肉だけじゃバランスが悪いでしょう。ほら、かぼちゃ美味しいから」

薫子にかぼちゃの煮つけを勧められ、草太はしぶしぶ箸《はし》でぶっ刺した。

「ばあちゃんが言うなら食べるけどぉ。かぼちゃはいいけど、梅干しは酸っぱいから嫌だ」

薫子とやいやい言い合っていると、那都巳が食後のお茶を飲みながらつまらなそうにテーブルを指で叩《たた》く。

「二人、すごく仲がいいね。俺がこの子連れてきたんだけどなぁ？」

那都巳にため息と共に言われ、草太は意味が分からず首をかしげた。薫子はおかしそうに笑っている。

「あらあら。若がやきもち焼いてるわ。一緒にご飯を食べてると、仲良くなるものですからね」

草太のこぼしたご飯粒を拾い上げ、薫子が微笑《ほほえ》む。

「草太は薫子たちと食べるほうが好きなの？　こっちに来てから、俺たちと食事を共にしたことないよね？」

味噌汁《みそしる》を流し込んでいると那都巳に聞かれ、草太は晴れやかな笑顔で頷《うなず》いた。

「当たり前じゃん！　ばあちゃんと季長《すえなが》さんと食べてるほうが美味しいって！」

きっぱりと言い切ったとたん、那都巳がショックを受けたように固まる。薫子が口元を押さえながら同情気味に那都巳の背中を撫《な》でる。薫子は笑っているようだ。

「那都巳はクソ不味いもの喰わせようとするから、あんまり嬉《うれ》しくないぞ」

蜘蛛《くも》の脚を喰わされた件を思い出し、草太は身をすくめた。強くなるかもしれないが、不味いものより美味しいものを食べたい。

「ご馳走様《ちそうさま》！　あー満腹」

草太は肉と白米を平らげ、満足して手を合わせた。那都巳は納得いかないらしくぶつぶつ何か呟《つぶや》いている。仕事は終わったので、草太は風呂に入った後、すぐに部屋に戻って布団に横たわった。久しぶりに物の怪と闘ったせいか、眠気に襲われる。

（うー。それにしても、一撃喰らっちまったなぁ……）

蜘蛛との闘いを思い返し、草太は拳《こぶし》を手のひらで受け止めた。

（なんか変なこと言われたんだよな。それで……）

あの時、蜘蛛の物の怪は『お前は鬼なのに……人の味方をするのか』と草太に言った。そんなことを言われると思わなかったので、一瞬ぽかんとしたのが一撃を喰らった原因だ。

（あれ？　よく考えたら、俺って鬼なのに、人の味方をするのって変なのか？）

蜘蛛の物の怪は人と物の怪は対立するものと思っている。そういえば羅刹《らせつ》もよく人を「喰うぞ」と脅していた。これまで深く考えることもなく、草太は那都巳の指示に従っていた。それは式神になると約束したせいでもあるのだが……。

（鬼は人の味方をしない？　まぁ確かにふつうの人は、鬼って嫌いらしいし。小学校に通っていた頃は、絶対正体ばらすなって言われてがんばって隠してたもんな。クラスの奴らにばれたら何か変わったんだろうか？）

　薫子や那都巳、櫂《かい》といった面子《めんつ》は草太の正体を知っても態度は変わらなかった。実際ばれたらどんなふうになるのか、草太はまだ経験していない。幼い頃、母は異常なほど人目を気にしていた。周囲にばれたら、どうなっていたのだろう？

（うーん……よく分かんね）

　頭がこんがらがってきて、草太は思考を放棄した。あっという間に深い眠りに入り、草太は朝まで目覚めなかった。


　物の怪との闘いはしょっちゅうあるものではないらしく、数日穏やかな日が続いた。十月に入るとめっきり暑さは和らぎ、すっかり秋の空気になっている。住み込みで働いている草太には週に一度、休日がもうけられ、日曜日には母が様子を窺《うかが》いに来てくれた。

「ご迷惑をおかけして申し訳ありません」

　母は那都巳の屋敷につくなり、那都巳に向かって深々と頭を下げた。草太が破壊したものについて謝っている。今日の雪《ゆき》は牡丹《ぼたん》柄の着物で、草太が見惚《みと》れるくらい綺麗だった。

「お気になさらず。クラッシャーなのはある程度、覚悟してますから」

那都巳は満面の笑みで玄関で母と話している。

「そうだよ、かーちゃん。気にすんなって」

草太が明るく言い放つと、母が怖い顔で睨んでくる。

「お前が言うんじゃありません」

母には叱られたが、那都巳は笑っているので大丈夫だろう。那都巳は家にどうぞと母を誘ったが、丁重に断られた。

「今日は草太と出かける予定なので」

母はそう言い、草太はTシャツにジーンズの恰好《かっこう》で外に出た。最初に草太は銀行に寄ってもらった。初めての給料が入ったらしいので、金額を知りたかったのだ。

「えーっ、俺すっげ金持ち！　ゲームたくさん買える！」

思ったよりも通帳にお金が入っていて、草太は飛び上がって喜んだ。とたんに母の顔が青くなり、銀行のカードを奪われる。

「これは私が預かっておきます。あなたはしばらくお小遣い制よ。絶対に無駄遣いしかしないから」

母は確信めいた眼差《まなざ》しで言い切る。そんなぁとごねたが、一万円だけ下ろされて、これで一カ月暮らしなさいと諭された。櫂の家で暮らしていた時、草太のお小遣いは月に千円だけだった。それに比べれば多いが、通帳の数字を見た後ではがっかりだ。

「こんなにお金をいただけるなんて、草太、くれぐれも那都巳様に見捨てられないようにね。こんなにいいところありませんよ？」

母はしみじみとして言う。

「今日はあなたに電車の乗り方や、買い物の仕方を教えなきゃね。他に行きたいところある？」

母は草太に常識をつけるため、早速駅に行ってあれこれと指導する。どこか行きたいところはないかと言われて思い出したのだが、テレビでやっていたデカ盛りの店が気になる。

「全部食べられたら無料なんだって！　俺、自信あるし！」

草太が嬉々《きき》として言うと、雪は少しがっかりした様子でその店の住所を検索してくれた。最寄りの駅から三駅離れた場所にある店で、ガラス張りの壁にやたらとポスターや手書きのPOPが貼られている店だった。はしゃいで入ると、店内にはむさくるしい男ばかりで、炒飯《チャーハン》と香辛料の匂《にお》いが充満している。壁に誰か知らないサイン色紙が並んでいるし、テーブルも床も綺麗とは言い難く、狭くて物が多くてごてごてしている。

「らっしゃい！」

カウンター席に母と並んで座ると、景気の良い掛け声で店員がメニューを持ってくる。店員は母が気になるようでそわそわしている。野郎ばかりの店に、楚々《そそ》とした着物姿の母は明らかに浮いていた。

「俺、デカ盛りで！」

草太はメニューを見ずに、意気込んで言った。母は炒飯セットを頼んでいる。どんなものが来るかわくわくして待っていると、大きな皿にこれでもかと重ねた炒飯と餃子《ギョーザ》、焼きそばが山盛りになっている。

「三十分時間制限です。間に合わなかったら、料金いただきますので」

店員がストップウオッチを押し、草太はいただきますと手を合わせた。

「うっめー」

ばくばくと炒飯をかっ込みながら、草太は舌鼓を打った。デカ盛りなので味は期待していなかったが、けっこう美味しい。隣にいる母は草太の食べる姿を微笑みながら見ている。

「おい、あいつすげー」

草太がすごい勢いで食べていると、店内にいた筋肉質の男の集団がひそひそと囁《ささや》きだす。

「くー。綺麗なお姉さん連れてるなぁ」

「彼女連れてこんな店来るなよぉ。呆れられるぞー」

囁きの中にそんな声がして、草太はつい振り返ってしまった。もしかして母と思われていないのだろうか？　言われてみれば草太が成長してしまい、母とそれほど年齢が変わらなく見える。母は嫌ではないだろうか。そんなことを気にしながら、餃子を二つずつ口に運ぶ。

「草太、那都巳様のところはどうですか？」

草太のためにグラスに水を注ぎながら、母が聞く。母にはひそひそ声は聞こえないようだ。

「順調だよ。ばあちゃんの飯、美味いし。あ、でもこの前、蜘蛛の脚喰わされてさぁ」

あっという間に炒飯を半分減らし、草太は顔を顰《しか》めた。

「蜘蛛……!?」

母がぎょっとして顔を寄せる。

「ん。何か食べると強くなるんだってー」

餃子にたれをかけ、口にぽいぽい運びながら草太は何げなく答えた。すると母が複雑そうな表情で草太を見つめる。

「草太は……強くなりたいのですか?」

目を伏せて母に聞かれ、草太は焼きそばを咀嚼《そしゃく》した。

「あったりまえじゃん。やっぱ強いほうがいいよなっ」

水を流し込み、焼きそばをちゅるちゅる吸い込む。炒飯の下にから揚げが隠されていて、草太はにんまりしながら堪能した。ふと気づくと隣の母は箸が止まっている。どうしたんだろうと草太は気になって顔を覗《のぞ》き込んだ。

「かーちゃん? 俺、強くないほうがいいのか?」

思った反応が戻ってこなかったので、草太は気になって尋ねた。強くなりたいというのは草太にとって本能的なものだったが、母は望んでいないと察したのだ。

「かーちゃんは俺に、どうなってほしい？」

母が苦笑いするのが引っかかり、草太は箸を止めた。

「私は……、お前がふつうに暮らせたら、と思ってます。でもそれは、お前の望む生き方じゃない……。だから私のことは気にしないでいいのよ」

しんみりした口調で母に言われ、そうなのかと草太は考え込んだ。ふつうに暮らすという意味がよく分からないが、母は草太が半妖だと周囲に知られるのは嫌がっている。小さい頃ははれたら迫害されるからと怖い顔つきになっていた。誰かに誹《そし》られようと嫌われようと、草太にはあまり関係ないのに。

「あいつ、マジですげー。もう食べ終わる」

「今、かーちゃんって聞こえたぞ」

近くにいるテーブルの男たちが口々に言う。草太は再び箸を動かし、残りのから揚げと焼きそばを完食した。

「す、すごい。十五分で食べ終わった！」

カウンターの中にいた店員が、デカ盛りを平らげた草太に目をきらきらさせる。とたんに店内から拍手が湧き、草太は照れて手を振った。店員からは店のロゴが入ったTシャツとお食事券をもらった。母の顔に笑顔が戻り、すごいねと寄り添われる。

「かーちゃん、残すの？　俺、喰おうか？」

食の進まない母に話しかけ、草太は母の分まで平らげた。母がずっと笑ってくれるにはどうすればいいのだろうと頭の隅で考えながら、水を飲み干した。

那都巳の屋敷に戻っても、母の言っていた『ふつうに暮らせたら』という意味について考えていた。母が自分にどう生きてほしいのか、さっぱり分からなかったのだ。自分は半妖だし、ふつうではないのは知っている。そんな自分がふつうに暮らすというのは何を指しているのか。考えても考えてもよく分からず、草太は頭を悩ませた。

池のへどろを掻《か》き出したり、廊下の拭《ふ》き掃除をしたり、毎日やることはたくさんある。あれから何度か那都巳の物の怪退治にも連れて行かれた。やはり雑用より、物の怪と闘っているほうが楽しい。

十月も半ばを過ぎると、木々の色も変化してきた。相変わらず草太は半袖で通している。草太は庭の落ち葉を熊手でかき集めながら、ポケットに入れておいた魚肉ソーセージを齧った。働くとどうして腹が減るのだろう。

「ん？」

どこからか胸が締めつけられる匂いがしてきて、草太は歩き出した。この匂いは涙だ。誰かが泣いているのだろう。匂いを辿《たど》っていくと、ガレージの裏に人影を見つけた。建物の陰に身を潜めてあかねが泣いている。あかねは紺の作務衣《さむえ》姿だ。

「どうしたんだー？　泣いてんのか？」

ガレージを回り込んで声をかけると、あかねがびくっと震えて振り返った。

「な、な、な……っ」

あかねは焦ったように目元を拭《ぬぐ》って、草太を真っ赤な顔で睨みつけてくる。うろたえている姿を見て、もしかして隠れていたのかと気づいた。

「悪い、悪い。隠れて泣いてたのか！　腹減ったのか？　魚肉ソーセージならあるぞ？」

わなわな震えて拳を握るあかねに、草太は親切心からそう言った。するとよりいっそうあかねの顔が険しくなったので、雷が落ちてくると身構えた。

「……馬鹿じゃないの、あんた」

怒るかと思ったあかねは、ぶっと噴き出して、目元を拭った。涙目で笑っているので、草太はホッとして近づいた。

「何でこんな場所で泣いてるんだ？」

暗いし埃《ほこり》っぽいし、あまりいい場所ではない。草太があかねの隣にしゃがみ込むと、ポケットからハンカチを取り出して顔を拭う。

「ほんっと、あんたってデリカシーの欠片《かけら》もないわね。ふつう慰めるとこでしょ。大の大人が、腹減って泣くなんてあるわけないから」

いつもの口調に戻ってあかねがそっぽを向く。

「泣いてるとこ誰にも見られたくなかったのよ……。師匠に駄目だしされて、落ち込んでるだけだから。こんな場所、来る人いないし」

あかねは深呼吸して、ちらりと草太を見る。

「あんたはいいわよね……。師匠のお気に入りっぽいしさ……。この前も昨日も、調伏《ちょうぶく》に出かけたんでしょ。目をかけられている証拠よ」

膝《ひざ》を抱えて、あかねが呟く。草太は熊手を地面に置き、あかねの隣にあぐらをかいた。

「お前、なつ……若が好きなの？」

草太は素朴な疑問を抱いて聞いた。パッとあかねの頬に朱が走り、ぎゅっと唇を結ぶ。

「最悪。……私は師匠を尊敬しているだけよ。一日も早く師匠のような陰陽師《おんみょうじ》になりたいだけ。言っとくけど、恋愛感情じゃないから」

あかねは目を逸《そ》らして、強い口調で言い募る。

「ふーん」

草太がじっと見つめると、あかねの顔がみるみるうちにさらに赤くなっていく。

「うるさいわね！」

いきなり怒鳴られて、草太はびっくりして後ろにひっくり返った。ふーん、しか言っていないのに、何故うるさいと言われたのかさっぱり分からない。

「何だよ、こえーな。やっぱ腹減ってんだろ？　魚肉ソーセージやるからさ」

草太がポケットから一本取り出して差し出すと、あかねがぷいっと横を向く。

「あんたはいいわよね！　悩みなんかなさそうで！」

あかねが腰を浮かせ、ズボンの埃を手で叩く。草太は釣られて立ち上がり、あかねが食べなかった魚肉ソーセージを頬張った。

「そうでもないぞ。なぁ、ふつうに暮らすってどういう意味か分かるか？」

魚肉ソーセージを咀嚼しながら、草太はあかねを見下ろした。

「ふつうって……。ふつうって言ったら、やっぱり友達がいて、結婚して、仕事があって、そんな感じでしょ。誰に言われたの？」

あかねと一緒に玄関に向かって歩き出し、草太は「かーちゃん」と答えた。あかねの目が同情気味に草太を見つめる。

「そっか……。母親からすれば、陰陽師なんて怪しい生業《なりわい》より、ふつうにサラリーマンとかして幸せな家庭を築いてほしいかもね。うちの母も、陰陽師なんて人様に言えないから辞めてほしいって言うもの。っていうか、あんたの母親、美魔女なの？　一体いくつなのよ？　こんなでかい息子がいるってことは、十代で産んだの？」

あかねにあれこれ聞かれたが、草太はふつうの定義のほうに気を取られて返事をしなかった。

（結婚なんて考えたこともねーな！　友達……は、小学校に通ってた頃はいたけど、今は大きくなっちゃって話しかけることも駄目になっちゃったし、あ、仕事だけはあるか？）

あかねの言うふつうの暮らしの中で、達成できているのは仕事くらいだ。母はそんなものを望んでいたのだろうか？

「じゃあ私、戻るから。言っとくけど、私が師匠に恋してるなんて、冗談でも他の人に言っちゃ駄目だからね。あんたって空気読めないから怖いわ。そりゃ師匠は素敵な人だけど……」

玄関の引き戸を開けて、あかねがしつこいほど念を押してくる。理由は不明だが、あかねは那都巳を好きなことを言い回されたくないようだ。小学校でも誰それが好きだの、つき合ってるだの楽しそうに噂《うわさ》している子はいた。

「分かった。若の好きな相手はお前じゃないもんな！」

草太は胸を叩いて庭仕事に戻ろうとした。するとすごい勢いであかねが飛びかかってきて、腕をがっしりと摑《つか》まれる。振り返ると恐ろしい形相であかねが草太に迫ってきた。

「ひえっ⁉」

草太が圧倒されて後ずさると、あかねが激情を無理に押し殺した様子で迫ってくる。

「あんた、師匠の好きな人、知ってるの⁉　師匠って恋人いるの⁉　教えなさいよ！」

言うまで離さないという強さで腕を摑まれ、草太はドキドキして中腰になった。

「え、あ、あれだろ？　若の好きなのは、あの綺麗だけどおっかねー尼さんだろ？」

草太は数カ月前に羅刹たちと共に闘った相手を思い返して言った。八百比丘尼《やおびくに》には草太たちはさんざん苦しめられてきた。那都巳はその尼僧にひとかたならぬ愛着を持っている。

「尼さん……!? 嘘《うそ》、知らない……。師匠が周囲の女性に興味も抱かないのは分かってたけど……、そんな綺麗な尼僧に恋をしてたっていうの? ぜんぜん知らなかった……」

あかねは青ざめて、急にうなだれた。草太の発言がショックだったらしい。

「つき合ってるの? その尼さんと……」

絶望的な表情であかねに聞かれ、草太は急いで首を振った。

「つき合ってはないと思うぞ! 多分……」

那都巳は八百比丘尼に執着していた。調伏したいと八百比丘尼の肉の欠片を使って、苦しめていた。その後八百比丘尼はどこかへ消えてしまったと聞いたので、会ってはいないと思う。さすがにあの化け物とつき合ったりはしないだろう。

「そう……か。尼さんだからかな……。でも師匠みたいに素敵な人だったら、尼僧だってほだされるよね……」

わずかに安堵《あんと》した表情であかねがまつげを震わせた。そのままがっくりした様子で玄関に戻っていく。何か言葉足らずだった気がして、草太はそわそわした。

(あいつやっぱり、那都巳が好きなのか? 恋とか分かんねー)

集めた落ち葉を大きなビニール袋にかき集め、草太は空を見上げた。

夕食の後、弟子が帰って草太はゆっくりと風呂に浸かった。帰り際もあかねは暗くて、昼間の会話が気になって仕方なかった。

もやもやした気持ちを抑えきれず、草太は風呂上がりにタンクトップと短パンという恰好で、那都巳の部屋をノックした。返事はなく、人の気配もない。寝室も気配を窺ったが、いないようだ。薫子は十時を過ぎたら寝てしまうので、なるべく静かに廊下を歩き、那都巳の匂いを辿った。

広間の縁側の辺りから那都巳の匂いがして、草太は広間の襖《ふすま》を開けた。障子越しに那都巳らしき人影と、誰か知らない女性の影が見える。

（あれ？　他に客なんていたっけ？）

いぶかしく思ってそろそろと近づき、耳を欹《そばだ》てた。女性の影は那都巳の身体にしなだれかかっていて、ひそやかな笑い声が聞こえてくる。

「草太？」

障子の向こうから那都巳の声がして、草太はおそるおそる障子を開いた。

縁側では那都巳と見知らぬ艶《なま》めいた女性が寄り添っていた。女性は長い黒髪を床に垂らしていて、襦袢《じゅばん》しか身にまとっていない。那都巳に釣られて振り返った女性に、草太はびっくりして飛びのいた。

「おっ、おっ、おっぱい出てる！」

思わず叫んでしまったのは、女性の襦袢がほとんど羽織っているだけの状態で、豊満な白い胸が露《あらわ》になっていたからだ。しかも酒を飲んでいる那都巳にべったりくっついていて、明らかに妖《あや》しい雰囲気だ。

「まぁ、可愛いおのこ。そのように顔を赤らめて……」

女性は焦っている草太を見やり、おかしそうに笑う。片膝を立てて座っていた那都巳は、苦笑して女性の艶めかしい太ももを軽く叩いた。

「からかうんじゃないよ。あなたの悪い癖だ」

那都巳に咎《とが》められ、女性は妖艶《ようえん》に微笑み、那都巳の頰に唇を寄せる。

「ふふふ。どちらが悪いのやら。このようなあどけなき子を囲い込んで……」

女性と那都巳の間で、視線のやり取りが行われる。草太はあんぐり口を開けて二人を凝視した。女性は八百比丘尼ではない。何度も見たから見間違えるはずがない。だとしたらこの女性は誰だろう？　那都巳には別の女性がいたということなのか。

「やらしー匂いがプンプンする……っ。那都巳、この人、誰？　那都巳の好きな人？」

このまま逃げたくなったが、事の真偽を見極めなければと草太はその場に踏み止まった。あかねに、那都巳は八百比丘尼を好きだと言ってしまったのだ。間違いだったのなら、訂正しなければならない。

「何だい、それは」

那都巳はお猪口《ちょこ》を呷《あお》って、首をかしげる。襦袢姿の女性は面白そうに笑い、草太に舌なめずりした。

「坊や。混ざりたいのなら、こっちへおいで」

豊満な胸を揺らして、女性が手招く。無意識のうちに白い胸に見入ってしまい、草太は耳まで赤くなった。女性の裸なんて、生まれた当時の母親のくらいしか見たことない。小学校では女の子の着替えを覗くと怒られるし、成長した鬼になってから、女性の身体を見るのは初めてだ。

（わーっ、何かドキドキするっ。この人、胸、でかっ）

草太が鼓動を速めていると、那都巳が女性の襟元を正して胸を隠してしまう。

「この子は誘惑しないで。初心《うぶ》なんだから、君みたいなのに搦《から》めとられたら、大変だろう」

かすかに咎めるような口調で那都巳が言う。

「あらあら。ずいぶん慌てて。お気に入りの子なら、ますます気になるじゃありませんか」

女性は真っ赤な唇の端を吊《つ》り上げ、にじり寄ってくる。その時、独特な匂いが鼻について、草太はハッとした。

「この人、人間じゃないの⁉」

物の怪特有の匂いがして、草太は身構えた。襦袢姿の女性はうっとりしたように頬を染め、草太を見つめる。

「美味しそうな鬼の子だこと。力も弱くて、簡単に操れそう」

襦袢姿の女性の目が細くなり、急に身体が動かなくなる。金縛りに遭ったみたいに、手足が重い。

「こら。駄目だって言ってるだろう」

那都巳の指が不思議な動きをして、女性のうなじをトンと突く。とたんに女性の姿が一匹の白い蛇に変化した。草太は腰を抜かして、縁側に尻もちをついた。

『まぁまぁ、つまらない。今宵はこの辺でお暇しますよ』

しゃがれた声が脳に直接響き、白い蛇は庭に飛び降り、草木の中に這《は》って消えた。草太は唖《あ》然《ぜん》としたまま、その場に座り込んでいた。

「人じゃないと気づくのが遅すぎるな。まぁ、まだ生まれて三年だしな……。その辺は経験値が足りないということだろうか」

那都巳は徳利《とっくり》を傾けて、お猪口に注いでいる。

「な、何で白蛇とやらしいことしてるんだよっ！」

草太は理解できなくて、大声を上げた。

「縁側で飲んでいると、ああいった輩がたまに取り込もうとしてくるんだよ」

那都巳は気にした様子もなく、酒を飲んでいる。櫂《かい》の屋敷では結界が張られていたが、ここにはそういったものはないのだろうか？　草太のそんな考えが読めたように、那都巳が肩を揺らす。

「俺は物の怪が好きでね。門戸は閉じていないんだ。俺を殺したいと思って近づいても構わないんだよ。退治するのが趣味なんだから」

那都巳は草太には理解できない発言をしている。那都巳ほど強ければ、物の怪は恐れて近づかないのかもしれない。

「ところで何か用だったのか？」

縁側に尻もちをついたままの草太を見やり、那都巳が首をかしげる。草太は立ち上がろうとして、膝を閉じたまま動けなくなった。いぶかしむように那都巳に見つめられ、草太は耳まで赤くなった。

「うー。……ちんこがおかしくなった」

草太が小声で言うと、那都巳の目が点になる。

「まさか勃起《ぼっき》したってこと？　女の裸見たから？」

那都巳が興味深げに言い、お猪口を置いてにじり寄ってくる。

「っていうか君、精通してるの？　半妖の生態に興味があるからくわしく教えて」

那都巳に閉じた足を無理やり開かれて、草太は「ひえっ」と声を上げた。性器が形を変えているのを見られるのが、何故か恥ずかしかった。

「精通って何？　前も先生のくっさい匂い嗅いだら、こんなふうになっちゃったんだけど。絶対おっぱいのせいだ。あれ見たら、ちんこ、ぎゅんってなった」

草太が股間を手で隠して言うと、那都巳がふーんと感心する。

「先生って櫂のことでしょ？　彼、鬼と寝てるじゃない。ヤってるとこ、見たことある？」

草太が閉じようとする足を押さえつけ、那都巳が顔を近づけてくる。下半身が熱くて、草太はうーうーと唸《うな》った。

「裸になってくっついてるのは知ってる。先生の声、すごいんだもん。最初は虐《いじ》められてるのかなーと思ったけど、気持ちいいって言ってるから違うんだろ？　これ、風呂場で擦《こす》らなきゃ駄目なんだよね？　せっかくさっき風呂入ったのになぁ」

草太は赤くなった頰を掻いた。

「精通はしてるんだ。ねぇ、ここでやってみせてよ。半妖ってどんなか、知りたい」

真面目な顔で那都巳に言われ、草太は面食らってうろたえた。人の前でやってもいい行為なのだろうか？　初めてこうなった時、助けてくれと櫂に頼んだら、一人でやれと言われたのだが。

「えー。でも……」

草太が言いよどんで腰を浮かすと、那都巳が草太の短パンをずり下ろしてくる。下着ごとすぽっと抜き取られ、草太は床にぺたんと尻をつけた。反り返った性器がぷるんと飛び出してくる。

「何すんの？　俺のちんこ見て、楽しい？」

困惑して言う草太に、那都巳はうんと頷いた。短パンと下着がポイっと放り投げられる。

「毛が薄いね。あまり使われてない綺麗な性器だ」

草太の下腹部をまじまじと見やり、那都巳が微笑む。何故か那都巳に性器を見つめられると恥ずかしくなり、草太は手で隠した。

「ここでやんの？　でも白いのが出るじゃん？　こんな場所でやってていいものなの？」

草太は戸惑いを隠しきれず、周囲をきょろきょろした。

「俺の屋敷だろ？　俺がいいと言ったらいいに決まってる。さ、扱いてみて」

那都巳は当然といった口調で言いきり、目の前にあぐらをかいて座る。そんなものだろうかと草太は困惑しつつ、言われた通り性器に手を絡めた。右手で性器を握り、おっかなびっくり擦り始める。

「どんな感じ？」

性器を扱く草太に那都巳がずけずけと尋ねてくる。

「え、うーん。じんじんする……かな？」

那都巳に視線を注がれ、草太はほんのり頬を赤らめた。こうなったらさっさと精液とやらを出そうと一生懸命擦るが、見られているせいかなかなか気持ちよくならない。

「先端とか弄《いじ》らないの？」

じーっと草太の自慰を眺めていた那都巳が、距離を詰めてくる。

「先端……？」

自分の性器を弄るのは二度目の草太は、よく分からなくて首を傾《かし》げた。すると那都巳の手がすっと伸びて、草太の性器の先端を手のひらで撫で回す。

「ひゃぁ！」

他人の手でそこを触られたのは初めてで、草太は変な声を上げてしまった。那都巳は指先で先端の割れ目をぐりぐりと弄る。とたんに息が荒くなり、草太はぶわっと訳の分からない汗が飛び出てきた。

「手伝ってあげる。慣れてないみたいだし。ここ、気持ちいいでしょ」

那都巳は草太の性器の先端を慣れたしぐさで刺激する。思わず草太が手を離してしまうと、裏筋の辺りを長い指で扱きだす。

「これ何……っ？　やば、すご、すっげ熱くなった……っ」

那都巳に扱かれ始め、あっという間に全身が熱くなった。一歩も動いていないのにはぁはぁと呼吸が荒くなるし、顔は真っ赤になるし、勝手に腰がびくっと跳ねる。

「我慢汁、出てきたね。気持ちいい？　半妖も人と変わらないみたいだな」

陰茎を弄りながら、袋を優しく揉《も》まれ、草太は頭がぼうっとしてきて、床にずるずると寝そべってしまった。

「う、う、何でこんな感じ？　はぁ、はぁ、俺、変。息が苦しい」

草太は身悶《みもだ》えて腰をくねらせた。腰が熱くて、鼓動がすごい勢いで鳴っている。じんじんとした得体の知れない感覚に襲われて、那都巳の手の動きで、変な声が漏れる。

「もうイキそうだね。いいよ、出して」

草太は床に横たわって身体をびくつかせているのに、那都巳は平然としているのが不思議でならない。性器の先端からあふれ出てきた蜜が、那都巳が手を動かすたびに濡《ぬ》れた卑猥《ひわい》な音を立てる。知らなかった。自分でした時は長い時間かかったのに、那都巳に扱かれてあっという間に射精しそうになっている。

「俺、も、駄目……っ‼」

身体全体に波のように押し寄せる疼《うず》きがあって、草太はひーひー言いながら四肢を突っぱねた。するとこめかみから角が飛び出し、体形がわずかに変化する。人に化けていられなくなったのだ。那都巳は煽《あお》るように先端の割れ目を刺激する。

「出る……っ‼」

草太は我慢できずに、性器の先端から白濁した液体を噴き出した。精液は那都巳の手とタンクトップに飛び散る。

「はぁ……っ、はぁ……っ、う、う……っ」

新鮮な空気を取り込もうと、草太は必死に呼吸を繰り返した。頭の中がチカチカして、全身がぐったりする。那都巳の手が性器から離れ、匂いを嗅がれた。

「不思議だ。お酒っぽい匂いがする」

那都巳は汚れた手に鼻を近づけ、感心している。まだ息を荒らげていた草太は、那都巳が精液をぺろりと舐《な》めるのを見て、とっさに上半身を起こした。

「き、汚ねーだろっ」

真っ赤になって抗議すると、那都巳が精液で汚れた手を草太のタンクトップに擦りつける。

「味は人のものと変わりない。なるほど、これなら鬼と人の間に子どもができるのも納得できる。鬼は人に近いんだな」

タンクトップをべたべたにされ、草太は大きく息を吐いた。

「まだちんこ、変……。ぜんぜん元に戻らねーよ……。俺、病気かな？」

射精しても萎《な》えない性器におののき、草太は涙目になった。

「若いなぁ。人にされたの、気持ちよかった？　ねぇ、もう少し身体触っていい？　半妖の身体に興味がある」

どきりとするような笑みを浮かべて那都巳に囁かれ、草太の性器がまたぐっと硬度を増す。

今夜の自分はおかしい。コントロールを失った身体に、胸がドキドキした。いいのだろうかと思う一方で、先ほどの強い感覚を味わいたくて、那都巳に身体を寄せてしまった。

「さ、さっきの……もっかいして欲しい……」

草太が小声で言うと、那都巳の目つきが少し変化した。獲物を見つけた獣のような目つきだ。しまったと焦ったが長い指で顎《あご》を撫でられ、頬がぽっと赤くなった。

「口開けて」

那都巳に耳元で言われ、草太は自然と口を開けた。那都巳の指が口内に入ってきて、中指の腹で歯列を辿られる。

「牙《きば》あるんだね。鬼の姿だからかな？　これじゃフェラされたら怖いなぁ」

まるで医師のように草太の口内を指で確認し、那都巳が笑う。舌を指先で擦られ、草太は口を閉じられなくて、息を荒くした。唾液が那都巳の指を汚している。唇の端からも漏れるし、赤ちゃんみたいで恥ずかしい。

「こっちは感じるの？」

口を弄られながら、空いた手でタンクトップの上から胸を撫でられた。爪で乳首をカリカリと引っかかれ、草太は「うぇ……」と呻《うめ》いた。

「わひゃんな……」

口の中を無造作に弄られ、草太はぷるぷると首を横に振った。那都巳はタンクトップの裾から手を入れ、直接乳首を摘まんでくる。乳首を弾《はじ》かれてもくすぐったいだけで、気持ちよくはなかった。

「くるひぃ」

ずっと口の中に指を突っ込まれ、草太は那都巳の指を軽く噛んで抗議した。那都巳が面白そうに笑いながら指を抜く。口がべたべたになって気持ち悪い。

「お尻、こっちに向けて」

那都巳に肩を押されて言われ、草太はよく分からないまま四つん這いになって剝き出しの尻を向けた。

「締まっていて、可愛いお尻だな」

那都巳の手が草太の尻を強く揉み、唾液で濡れた指が尻のすぼみを押してくる。

「そこ、汚い……」

草太が気になって振り返ると、那都巳は草太の唾液で濡らした指を一本、ぐいっと差し込んでくる。

「ひゃあ!」

びっくりして草太は仰《の》け反《ぞ》った。尻の穴に指を入れられた。しかも何かを探すように、入れた那都巳の中指がぐねぐねと動き回る。

「痛い?」

中指で内壁をぐるりと辿られ、草太は訳が分からなくて床に顔を伏せた。

「い、たくは……ないけどぉ……っ、何でそんなとこに指入れんの？　気持ち悪い」

中から探られる感覚は経験したことのないもので、草太は怯《おび》えて肩越しに那都巳を見上げた。

那都巳は草太の腰の辺りを手のひらで撫でながら、指を動かす。

「半妖にも前立腺ってあるのかなと思って。あ、ここじゃない？」

ふとしたように那都巳がある一点を擦り始める。とたんにびくっと草太は背中を震わせた。

「んひぃ‼」

変な感覚があって、草太は真っ赤になった。那都巳が指で内部を擦っているのだが、そこからじわじわと熱が身体全体に浸透してきたのだ。

「変な声。ここ、気持ちいいはずだよ。このしこりのあるとこ。ね、疼いてこない？」

那都巳は草太の様子を観察しながら、入れた指を律動させる。その声に釣られたように、草太はびくびくと腰を揺らした。

「わ、かんな……。あ、あ……、そこ変だよぉ……」

那都巳が指でそこを突くと、性器ががちがちに硬くなって反り返る。ふつうにしゃべりたいのに、上擦った声が漏れるし、息も荒くなる。

「変じゃなくて、気持ちいいだよ。カウパー出てるもの。身体の構造はほぼ同じなんだな。半妖だからかかな？」

　那都巳は落ち着いた声で優しく内部を指で突いてくる。草太は呼吸が苦しくなって、腕に頬を押しつけた。お尻を弄られているだけなのに、どうして全力疾走しているみたいに息が荒くなるのか理解できない。視線を動かすと、性器から蜜がたらたらと垂れて、床に繋がっている。

「あ、ちょっと待って」

　性器を擦ろうとして伸ばした草太の手を、那都巳がやんわり止める。

「うー。何？　射精したいぃ……」

尻への愛撫《あいぶ》だけでは達することはできなくて、草太は不満げに言った。

「せっかくだからもう少し、我慢して。もっと気持ちよくするから」

　那都巳に自慰を止められ、草太はもどかしい気持ちながら従った。もっと気持ちよくすると言われて、身体が期待で熱くなる。

「お尻、感じるでしょ？　この感覚に集中して」

　指の腹で前立腺を擦りながら言われ、草太は息を詰めた。那都巳の空いた手がタンクトップの裾から胸元を探ってくる。手のひらで胸を撫で回し、乳首を摘まれる。お尻と一緒に乳首をコリコリと刺激され、腰が無意識のうちにくねり始める。

「は……っ、ひ……っ、あ、あ……っ」

　身体全体が汗ばんできて、頭がぼうっとする。お尻に入れた指が何度も出し入れされる。乳首は硬く尖《とが》り、強く引っ張られると、腰が跳ね上がる。

「や、だ……、何これぇ……」

気持ちいい感覚がどんどん上がってきて、草太は怖くなって目を潤ませた。最初は何も感じなかった乳首が、お尻と一緒に弄られると、甘い疼きをもたらすようになった。性器は反り返り、床を濡らしている。

「あ……ぅ、ひぁ……っ、うぁ……っ、お尻……、気持ちい……っ」

入れた時はきつくて痛みすら感じたのに、もう快楽しか感じない。指で奥を擦られるとかすれた声になってしまう。那都巳の手で乳首だけでなくわき腹や尻を揉まれ、目がとろんとなる。

「うう……っ、出したいよぉ……っ」

感じすぎて苦しくなり、草太は情けない声で腰を震わせた。

「そろそろ限界かな。イかせてあげる」

那都巳が吐息をこぼして草太の性器を握る。

「ひぁ……っ‼　ひゃあ、ああ、あああ……っ‼」

濡れた性器を数度扱かれ、草太はあっという間に絶頂に達した。目がチカチカして、今まで味わったことのない深い快楽に引《ひ》き攣《っ》れた声が漏れた。性器から勢いよく精液が噴き出し、草太は獣じみた呼吸をしながら、ぐったりと身体の力を抜いた。那都巳が指を引き抜き、屈み込んでくる。

「ひ……っ、は……っ、は……っ」

草太は床に横たわり、激しく鳴り響く鼓動と、息苦しさに身悶えた。全身が熱い。身体の奥はきゅんきゅんしてるし、だらだらと精液がこぼれている。床を掃除しなければ。

「ごめん、ちょっとヤりすぎたかな」

心配そうに那都巳に覗き込まれ、草太はひーひーと呼吸を繰り返していた。他人の手でされるのがこんなに気持ちいいとは思わなかった。

「待ってて」

ふらりと那都巳が立ち上がり、どこかへ消えてしまった。草太はしばらく動けなくて、縁側でぼーっとしていた。ややあって足音が近づき、那都巳が戻ってくる。

「拭いてあげる」

那都巳は冷たい水で濡らしたタオルを持っていて、草太の汚れた身体を丁寧に拭いてくれた。冷たいタオルは汗ばんだ身体に心地よくて、草太は意識を覚醒《かくせい》した。那都巳は汚れた床も拭き取ってくれる。

(掃除してくれたんだぁ。……ところで、ちんこって自分以外触っていいんだっけ？)

ぼーっとしながら那都巳の手の動きを見ていた草太は、ハッとして固まった。

「まずい！」

がばっと起き上がり、草太は急いで下着と短パンを穿《は》いた。

「ちんこって、自分か、好きな人にしか触らせちゃ駄目って先生に言われてたんだ！　どうしよう、那都巳に触らせちまった！」

　草太は以前櫂に言われた言葉を思い出し、顔面蒼白《そうはく》になった。那都巳がびっくりして手を止める。

「何それ？」

　那都巳に首をかしげられ、草太はぶるぶると首を振った。

「初めてちんこが勃《た》った時に、先生から言われたんだよ。ここってそもそも他人に触らせちゃ
駄目なんだろ？　どうしよう、先生に怒られるなぁ」

　草太が腕組みして悩んでいると、那都巳が意外そうに見つめてくる。

「俺のこと嫌いなの？」

　顔を近づけて聞かれ、草太は面食らって腕を解いた。

「え……。嫌い……ではないけど、好きかって言われると、分かんねー。どっちかって言うと、
怖い、かな？」

　正直に答えると、那都巳の手が草太の頭を撫でてきた。大きな手でわしゃわしゃと髪を乱さ
れ、困惑して身を引く。

「何だよ？」

「俺は君のこと、けっこう気に入ってるけど」

　髪を弄っていた那都巳の手が、草太の頬に下りる。指先で頬をくすぐられ、草太は目をぱち

くりした。

「鬼相手にこういう気持ちになるとは思わなかったけど、君は可愛いよ。君も俺を好きになれば、怒られないですむんじゃない？」

那都巳が見たことのないような優しい笑みを浮かべている。なるほど、好きな相手なら、触られても大丈夫なのか。

「そうか！　そうだな！　……ん？　そう……なのか？」

何かおかしいようなと、草太が混乱していると、那都巳が笑って頬を軽くつねった。その手が草太の頬を引き寄せ、那都巳の顔が徐々に近づいてくる。顔面をぶつけてくるのだろうかと勘繰った矢先、那都巳が顔の角度を変えて、唇にちゅっと音を立ててキスしてくる。

「え……」

草太は呆然《ぼうぜん》として離れていく那都巳を目で追いかけた。今、キスされたような……？

「これ以上は、雪さんに怒られるな」

那都巳はすっと草太から離れ、苦笑した。

「もう寝るよ。おやすみ、半妖君」

那都巳はあっさりと手を振り、その場から去っていった。ぽかんとしたままその背中を見送り、草太はしばらく夜風に嬲《なぶ》られていた。

■三章　ただならぬ関係

　翌朝はいつもよりも寝坊してしまい、薫子《かおるこ》に叩《たた》き起こされた。昨夜は布団に入ったものの、何が自分の身に起きたのか理解できず、頭がパンクしそうだった。そもそもあかねについて相談しに行こうとしたのに、肝心のあかねについて話すのを忘れていた。

（あっれー。でもあかねって那都巳《なつみ》が好きなんだよな？　その好きな相手に俺はちんこを擦《こす》られてしまったわけで……。まずくないか？　いやいや待てよ、でも那都巳って八百比丘尼《やおびくに》が好きなんだよな？）

　精神年齢が幼い草太《そうた》には複雑すぎる人間模様で、頭がこんがらがって仕方なかった。櫂《かい》から聞いた話では、好きな人は一人というイメージだった。母だって、父以外とは結婚していない。那都巳はどういうつもりなのだろう？

（と、とにかくあかねについて那都巳に……）

　あかねが泣いていた件について那都巳と話そうと思うのだが、日中はあかねが那都巳の傍にいるし、話す機会がまったくなかった。さすがにあかねの前で言ってはいけないことくらいは草太にも分かる。

それならば夜に、と思ったものの、弟子がいなくなった後の屋敷で那都巳の寝室に行こうと思うと、股間が膨れ上がって、別の意味で行けなくなった。

(うー。俺のちんこが勝手に期待してしまう！　また触ってほしいと思ってるぅ)

勃起《ぼっき》した状態で那都巳の元へ行くことはできず、草太は困り果てた。性器が大きくなるのは、いやらしいものを見たり感じたりした時だと草太も理解し始めた。これまでこんなふうに身体が暴走することなどなかった。いわゆる性的なものが周囲になかったせいだろう。

それなのに、あの艶《なま》めかしい一夜以来、草太は那都巳の傍に行こうとすると、身体が変化してしまうのを悩んでいた。日中は他に人がいるし平気なのだが、夜はまずい。あの時の記憶がリアルに蘇《よみがえ》るし、那都巳の匂《にお》いしかなくて、お尻がきゅんとなる。

(マジで俺、やばいんじゃ……)

那都巳に話さなければと思いつつ、数日が過ぎ、薫子の作ったご飯も二杯までしかお代わりできない日が続いた。世の男たちは、どうして勃起しないでいられるのだろうと、季長《すえなが》の股間や、正二《せいじ》の股間を凝視する癖がついてしまった。

「草太。今日は一緒に出かけるよ」

金曜の朝、食堂に味噌汁《みそしる》を運んでいる最中に、那都巳に声をかけられ、草太はぎくしゃくして頷《うなず》いた。あれ以来、那都巳の匂いを近くで嗅ぐと勃起しそうで、日中もあまり近寄らないようにしていたのだ。今朝は弟子の笑梨《えり》が遅刻していて、朝食の席にはあかねと正二しかいない。

「師匠、また彼なんですか。私も同行したいです」

那都巳の斜め向かいに座っていたあかねが、意を決したように立ち上がって言った。お盆を持って去りかけていた草太は、あかねの思い詰めた様子に足を止めた。

「今日は調伏《ちょうぶく》だから、草太がいい。君はねぇ……。よそのことより、自分自身に目を向けたほうがいいな」

那都巳にすげなく断られ、あかねの頬がサッと赤くなる。そう言われて初めて気づいたのだが、あかねの身体に重なるようにして黒い影があった。何だか人の形に似ている。おそらく悪い霊だと思うが、それに気づいているはずの那都巳は何もする気配がない。

「……私だって」

あかねは険しい形相でうつむいた。

「今日は草太を連れて行く。話は終わりだ」

那都巳はきっぱりと断言し、その場に留まっていた草太を追い払うような手つきをした。草太はあかねが気になりつつ、厨房《ちゅうぼう》に戻った。

厨房でいつものように薫子とご飯を食べ、部屋に戻ってスーツに着替えた。あれから破れたワイシャツの代わりを那都巳が何枚か買ってくれた。相変わらずネクタイは自分で結べないので、薫子に結んでもらった。

十時になってガレージのところで待っていると、玄関からスーツ姿の那都巳と、那都巳を追いかける作務衣《さむえ》姿の正二が出てきた。

「師匠、あかねさんのこと、いいんですか？」

正二は不安そうな顔で那都巳に迫っている。とっさに草太はガレージの陰にしゃがみこんだ。まだ二人とも玄関前にいるので、ガレージにいる草太には気づいていない。半妖である草太は人間より耳が良く、少し距離があっても二人の会話がばっちり聞こえる。

「いいも何も。あれくらい追い払えなきゃ、弟子でいる資格はないよ。そもそもあれ、自分で招いたものだろ。彼女はいろいろ足りてないからなぁ」

ぼやくように那都巳が言い、鬱陶《うっとう》しそうにため息をこぼす。ひどく冷たい言い方に、草太は胸が痛くなった。草太もあかねについて話そうと思っていたので、話す前に答えが戻ってきた思いだった。多分正二が心配しているのは、あかねにくっついている黒っぽい影だろう。明らかに悪霊っぽかった。

「弟子同士で助け合う分には、俺は口を挟まないよ」

那都巳は素っ気ない口調で立ち去ろうとする。

「師匠が、あんなの家に入れたせいもあるんじゃないですか⁉」

正二がたまりかねたように声を荒らげる。那都巳の足が止まり、正二を振り返った。正二は青ざめた顔つきで唇をぎゅっと噛《か》む。

（あんなの？）

草太は二人の緊迫した様子に、耳を欹《そばだ》てた。

「あんな……、あれ、人じゃないですよね？　人間の振りをしてるけど、妖気が漂っているから分かります。先生の式神みたいに、調伏の時だけ傍に置くなら分かります。でも、四六時中傍に置くなんて、俺たちにも影響があると思わないんですか⁉」

正二は溜《た》めていた思いを吐き出すように、一気にまくしたてた。草太は何を言っているのだろうとしばらく考え、はたと気づいた。

（俺のことかーっ‼）

自分について語っているのだとようやく察し、草太は青ざめた。正二は最初から草太に対して警戒しているようだった。自分の正体に気づいていたからだろう。そこまで嫌われていたとは知らず、申し訳ないことをした。

（俺って厄介ものだったんだなぁ）

人間の世界で生きると決めたのに、人間の世界から疎まれた思いだ。草太の正体を知ってもなお受け入れてくれるのは、櫂や那都巳、薫子くらいしかいない。

（かといって、今さら鬼として生きてけないよ。そもそも人間喰えないし……。物の怪も不味《まず》くて喰えないし……。俺、このままここにいていいんだろうか）

草太は頭を抱えて、うんうんと考え込んだ。何も思いつかない。

「はぁ」

那都巳は面倒そうにため息をこぼした。張りつめた様子の正二とは、温度差がある。

「君はそれなりに才能はあるけど、俺の弟子としては性質が合わないな。あの子が気に入らないなら、出て行ってけっこう。現状、君よりあの子のほうが役に立つし。他の陰陽師《おんみょうじ》のところに修行先を変えれば？　人生は短い。時間を無駄にすることはないよ」

平然と那都巳に言われ、正二はショックを受けたように固まった。話は終わりとばかりに那都巳はガレージのほうへ向かってくる。正二はすごすごと屋敷の中へ戻っていく。

「ん？」

那都巳が、ガレージの隅でしゃがみ込んでいる草太に気づく。草太の顔が暗いのを見て、困ったように頭を掻《か》いた。

「聞こえてた？」

リモコンで車のカギを開け、那都巳が労《いた》わるような声を出す。

「俺……嫌われてたんだなぁ」

のろのろと草太が立ち上がると、意外そうに那都巳が目を見開いた。

「すごい。君って、人間よりだ。そんな物の怪、見たことない」

草太は落ち込んでいるのに、那都巳は逆に感心してじろじろ見てくる。草太がムッとして口を尖らせると、おかしそうに笑いながら助手席に押し込まれる。

「人は異質なものを恐れる」

運転席に乗り込んで、シートベルトを締めながら那都巳が言った。草太はハンドルを握る那都巳を見やり、眉根を寄せる。

「俺の弟子はその程度のものだったというだけの話だよ。今まで正体がばれて怖がられた経験は？」

ゆっくりと車を発進させながら、那都巳が聞く。ない、と言うと、口笛を吹かれた。

「それは雪《ゆき》さんが、よほどがんばったんだろうね。君はそれほど必死に隠している気配がないし。こういった世界に身を置く彼でさえ、こういう態度になるんだ。まるで知らぬ者からしたら、君は化け物なんだよ」

化け物と言われて、さらにずーんと落ち込む。

「あれ、落ち込んじゃった？　ごめん、ごめん。俺にとっては可愛い半妖君だよ」

那都巳が手を伸ばして草太の髪を軽く撫《な》でる。少しだけ元気が湧いて、草太は顔を上げた。

「ところで、――あれから君に避けられている気がしたんだけど、気のせい？」

信号で停止した時、何気ない口調で那都巳に聞かれた。草太は縁側での一幕を思い出し、ほんのり顔を赤らめた。

「だってさぁ、那都巳の匂い嗅ぐと、ちんこが硬くなっちゃうようになってさぁ。もーまいるぜ。またしてもらいたいなーと思うと、すぐバッキバキになっちまうし」

あっけらかんと草太が言ったせいか、那都巳が一瞬真顔になり、肩を震わせて笑い出した。笑うような話なのだろうかと草太は目を丸くした。困っていると言いたかったのだが。

「それはそれは……。性の目覚めってそんなものかもしれないね。ああ、よかった。ひょっとして怖がられちゃったかなと心配してた。ちょっとやりすぎたし」

信号が青に変わり、那都巳が車を進ませる。

「君が嫌じゃないなら、今日はタワーマンションのほうに泊まって、いけないことしようか？」

からかうような目つきで那都巳に囁《ささや》かれ、草太はぽっと顔を赤くした。

「そゆこと言うとー‼」

草太は身体を丸くして、髪を掻き乱した。またズボンの中で性器が膨れ上がってしまった。こんなにしょっちゅう勃起していては、日常生活に障りがある。草太は心底困っているのに、那都巳はどこか嬉《うれ》しそうに笑っている。

「皆どうやってこれ鎮めてんの？　どうしてフツーに暮らしてられるの？」

那都巳のほうを見ていると、勃起が治まらないので、草太はあえて窓に顔を向けて聞いた。同じ車内にいるせいか、那都巳の匂いでいっぱいだ。

「抜けば治まるだろ？」

那都巳は興味深げにこちらに顔を近づける。

「自分でやるの苦手だぁ。自分でやってもあんまり気持ちよくないぞ。風呂場でお尻に指入れてみたけど、痛いだけだったぞ」

風呂場でどうにかならないかと格闘した時のことを思い返し、草太はため息をこぼした。那都巳の指で尻の穴を弄《いじ》られた時はすごく気持ちよかったのに、何故か自分で探ってもちっともよくなかったのだ。もしかして陰陽師ならではの特殊な技巧なのかと草太は疑っていた。

「君って面白いねぇ。そっち系が駄目なら、運動で発散すれば？　屋敷の周囲を全力で走り回れば少しは治まるんじゃない？」

那都巳はずっと笑いっぱなしで、機嫌よくアドバイスをしてくれる。運動すればよかったのかと目からうろこが落ち、草太はがぜん前向きになった。それなら話は早い。

「あとは萎《な》えるような画像をスマホで探せば？」

那都巳から平常心を取り戻すやり方をいくつか聞き、草太は早速ポケットからスマホを取り出した。嫌いな画像と言えば、数学のドリルだ。やってもやっても終わらなくて、小学校でうんざりしていた。

「おっ、すげー。ホントに治まった！」

数学のドリルを眺めると、下腹部の熱が冷めていき、草太は晴れやかな笑顔を見せた。那都巳がスマホの画像を覗《のぞ》き込んで、また笑う。那都巳は笑いすぎだと思う。

「今日はこの前行った、一二三《ひふみ》さんのお宅の物の怪退治だから」

五叉路《ごさろ》の信号で車を停止させ、那都巳がボードからミントのガムを取り出す。一つ渡され、草太はガムを嚙んだ。清涼な味が口に広がって、一時、心が軽くなった。

榎本《えのもと》家の屋敷に着いて車から降りると、プールの周りを二頭のゴールデンレトリバーが駆け回っているのが見えた。プールサイドにはポロシャツを着た一二三がいて、骨の形をしたおもちゃを水の中へ投げ込む。二頭の犬はすぐさま水飛沫《みずしぶき》を上げてプールに飛び込み、おもちゃ目指して泳ぎ出す。寒くないのだろうか？　温水プールかもしれない。

「おお、安倍《あべ》君」

那都巳と草太が近づいてくるのに気づいた一二三は、椅子にかけていたカーディガンを羽織り、こちらに向かってくる。

「草太君、だったね。よく来てくれた」

一二三は那都巳を通り越して、草太の前に来て、肩や背中をべたべた触ってくる。その触り方がぞくっとする感じで、草太は顔を引《ひ》き攣《つ》らせた。この老人は人間のはずだが、やはり物の怪じみしている。

「一二三さん、そんなだから氷室《ひむろ》君が離れていくんですよ」

那都巳がため息を吐《つ》きながら、草太を後ろに引っ張る。一二三に触られるのはあまり嬉しくなかったので、草太はホッとした。

「すまん、すまん。つい興味が湧いてな。君、いつでも遊びに来ていいんだぞ。どんなわがままも受け入れてやるから、わしに飼われてみないかね？」

一二三に舐《な》めるような目つきで誘われ、草太は背筋を震わせた。飼うとはどういう意味だろう。あまりの恐ろしさに、肝が冷えた。

「そういう子じゃないですから」

那都巳に咎《とが》められ、一二三が声を立てて笑う。

「竹藪《たけやぶ》の辺りが少し騒がしくてな。数が増えている。減らしてくれないか？」

一二三はシャツのポケットから電子煙草《たばこ》を取り出して、顎《あご》をしゃくる。那都巳は草太の背中を押して「承りましたよ」と気楽に答える。

「料金に関しては原田《はらだ》とやりとりしてくれ。頼んだぞ」

一二三はサングラスを取り出してかけると、再び犬たちが待つプールサイドに戻っていった。物の怪じみた男だが、二頭の犬は慕っている。

那都巳は広い庭を横切って、竹藪のほうに歩いていく。草太もその後を追い、竹林の辺りを窺《うかが》った。確かに前回より禍々《まがまが》しい気配が濃くなっている。

「なぁ、あのじいさん、俺を飼いたいって言ってたけど、何するつもりなんだ？　まさか身体を切り刻んだりしないだろうな?」

　プールから遠ざかったのを見計らい、草太はこそこそと那都巳に聞いた。昔、母から知らないおじさんについて行っては駄目だと強く諭されたことがある。この世には小さい子を誘拐して、悪いことをする大人がいるそうだ。草太は半妖なので、どんな大人でも逆に返り討ちにできるが、同級生でも危ない目に遭った子は何人かいた。一二三のイメージは、いわゆるそういう怪しい大人だ。

「さぁ。あの人なら何しても驚かないけど。君なんか首輪つけられて、犬の真似とかさせられそうだなぁ。あの人、変わった性癖持っているし、気をつけてね」

　那都巳に心配そうに言われ、草太はげんなりした。

「先生があいつと仕事してたって言ってたけど、先生って、絶対あいつ嫌いだろ」

　櫂も一二三と仕事関係にあるそうだが、ああいった手合いは苦手な気がする。櫂は好き嫌いが激しいのだ。

「櫂? 最近聞いたんだけどね、櫂は一二三さんとの契約を終了したそうだ。だから彼の仕事が全部うちに回ってくるようになった。彼、潔癖だからね。一二三さん、苦手だろうね」

　那都巳も小声で事情を明かしてくれる。

　他愛もない会話をしている間に竹林に入り、肌がぴりつく感覚を味わった。よく見ると、竹の間に黒い影が蠢《うごめ》いている。

「妖魔の数が増えているから、減らしていくか。アシストするから、適当に倒していって」

那都巳はごそごそと懐から霊符を取り出して言う。草太は背広を脱ぎ捨てて拳《こぶし》を鳴らすと、気合を込めて鬼の姿に戻った。

「よっしゃー、行くぞーっ」

草太は黒い影に向かってダッシュで走り出した。様子を窺っていた黒い影にあっという間に距離を詰める。白い着物姿に肩までかかる白髪、ひょろひょろした感じの全身青白い物の怪だ。泡を喰って逃げだそうとした一体の物の怪の脚を捕まえると、残りの仲間は見捨てて奥へと逃げていく。捕まえた一体を力任せに回転して放り投げた。

『ギャアアア』

鳥の鳴き声みたいな声を上げて、物の怪は竹にぶつかって地面に転がる。とたんに周囲にいた鳥たちがいっせいに飛び立ち、怪しい気配が高まった。

『鬼じゃ、鬼じゃ』

どこからかぶつぶつと呟《つぶや》く声がして、走り出した草太の足に何かが絡みつく。

「あいてっ」

いつの間にか両足に黒い毛玉がびっしり張りついていて、走ろうとした草太は地面に転がされた。しかも黒い毛玉は地中に草太を引きずり込もうとする。

「どわぁ……っ‼」

慌てて両手で足にくっつく黒い毛玉を払い落とし、地面から離れる。けれどなおも黒い毛玉は草太の身体に張りついてきた。

「キモ！」

払っても払ってもくっついてくる黒い毛玉にイライラしていると、無数の羽音が聞こえてきて、和紙でできた鳥の形をしたものが黒い毛玉に次々と舞い降りてくる。明らかに紙なのだが、まるで本物の小鳥のように黒い毛玉をくちばしで突いていく。するとそれを厭《いと》うように黒い毛玉が草太の足からいっせいに離れていった。

「小物はこちらでやっておくから、大きいのを頼むよ」

振り返ると那都巳は印を組んでいる。草太は再び走り出して、逃げようとする白い着物姿の物の怪を捕まえた。長いぼさぼさの白髪に窪《くぼ》んだ目元、骨のような手足で、力は弱い。草太が拳で頭を殴りつけると、呆気《あっけ》なく地面に倒れた。

『こいつ、半妖じゃ』

声がして竹林の奥を見ると、似たような白い着物姿の物の怪が五体ほどいて、けたけたと笑い出す。

『できそこないじゃ、できそこないじゃ』

馬鹿にしたように笑われ、草太は倒した白い着物の物の怪を、彼らのほうに投げつけた。ひいっと慌てふためきながら、白い着物姿の物の怪が散らばる。草太は瞬時に間を詰め、逃げ遅れた一体の物の怪の着物の裾を摑《つか》んでグイっと引き寄せ、蹴り上げた。呆気なくぽーんと宙に浮かび、落ちてきたところをまた蹴り上げる。二蹴りしただけで、物の怪はぐったりして動かなくなる。

「こいつら、よえーな！」

草太は逃げた物の怪を探して、竹の間を走り回った。抵抗する物の怪は殴り、逃げようとした物の怪は落ちていた石を拾い上げ、標的にした。何度か拳を入れるとすぐに動かなくなる物の怪だったので、退治は軽いものだった。

「見つけた！」

藪の中に最後の一体を見つけ、草太は嬉々《きき》として白い着物を引っ張った。捕まえて殴りかかろうとして、物の怪が震えているのに気づき、はたと止まる。

『許してくれぇ。許してくれぇ』

情けない声で拝まれ、草太は先ほどまでの興奮が消えて、拳を下ろした。窪んだ目元から涙がこぼれている。

『お前は鬼なのに、なんで人間の味方をしておるんじゃ』

震えながら物の怪に言われ、草太は胸を衝かれた。前にも似たようなことを言われた気がする。すっかり戦闘モードが消えてしまい、草太は物の怪を放り投げた。草むらに転がった物の怪は、すぐさま逃げ出す。

『バーカ、バーカ。できそこない』

先ほどは殊勝だったが、逃げられると分かったとたん、悪し様《あざま》に告げて去っていく。もやもやした思いで戻ると、那都巳が草太が倒した白い着物の物の怪を一カ所に集めている。黒い毛玉は全部焼き払ったそうだ。

「一匹逃がしちまった」

白い着物を着た物の怪は鎖によって縛られている。那都巳は鷹揚《おうよう》に頷いた。

「こんなものでいいだろう。ところで何体、食べる？」

当たり前のように聞かれ、草太は青ざめてげーと吐く真似をした。

「人形は無理ぃ!!　グロい!!」

蜘蛛《くも》は我慢して食べたが、人の形をした物の怪はたとえ焼いても食べたくない。

「あ、そう……？　黒い毛玉、残しておけばよかったかな。あれならウニだと思って食べられない？」

残念そうに那都巳に言われ、草太はしかめっ面になった。

「無理……っ、もう那都巳嫌いになりそう！」

那都巳は食べてほしそうだが、やはり物の怪は食べたくない。美味しいものだけ食べていたい。草太の心からの叫びに、那都巳が神妙な顔つきになった。

「そんなに嫌なのか。ごめん。もう無理に食わせないから」

那都巳はあっさりと引いて、印を組み始めた。呪文《じゅもん》のような言葉を唱え、霊符を物の怪の上に貼りつける。とたんに物の怪は黒い灰となり、跡形もなく消え去った。

「ふー。今日のは楽勝だったな！」

草太が力こぶを作って言うと、那都巳は目を細めて竹林の奥を見やる。

「強いのは奥に隠れているからね。まぁ、少し減らしたからいいだろ。もう行こう」

那都巳の目には、奥に身を潜めている物の怪が視えているらしい。草太にはよく分からなかったので、少し不安になった。落とした背広を拾い、汚れを払って袖を通す。今回はシャツも破かなかったし、怪我《けが》もしなかったので、自分としては満足だ。

「先に車に行って。原田さんと話してくる。この後もう一つ行くところがあるから」

那都巳は追いやるように手を振り、屋敷のほうへ歩いていく。草太は言われた通り、ガレージで待っていた。十分ほどで那都巳が戻ってきて、車のドアを開ける。

「どこかでご飯食べようか。何かリクエストある？」

運転席に乗り込みながら、那都巳がナビを操作して言う。草太はパッと顔を輝かせ、スマホで探した店を那都巳に見せた。那都巳が店名をナビに打ち込み、シートベルトを締める。

「何系の店？」

車を発進させながら那都巳に聞かれ、草太は嬉々として「デカ盛りがある店！」と答えた。前回母と一緒に食べた店で満足したので、他にもないか探したところ、いろいろ出てきたのだ。

今日行く店は、天丼のデカ盛りがあるそうだ。

「そんなジャンクフードな店に、着物姿の雪さんを連れて行ったの？」

先月の日曜日に母と出かけた時のことを話すと、那都巳は絶望的な表情になった。

「うーん、確かにかーちゃん、浮いてたな。飯も残してたし……」

店には他に女性客もいなかったし、連れて行くべきではなかったかもしれない。母の食があまり進んでいなかったのを思い返し、草太は気もそぞろになった。ひょっとして母はあの店、あまり楽しくなかったのだろうか。自分が食べることしか考えてなかった。

「君たち、親子には見えないしね。雪さんって俺と同年代くらいだろう？　そんな人にこんな二十歳くらいの息子がいるとは思えないから、誤解されたんじゃない？　というか、その辺について周囲にどう話してるの？」

那都巳に素朴な疑問をぶつけられ、草太は頭を掻いた。

「んー。俺、かーちゃんにとりあえず十八歳って言っておきなさいって言われた。未成年だと、いろいろ都合がいいんだって。他人に聞かれたら、姉と弟で通すらしいよ。息子だし、顔は似てるだろ？　一緒に出かけた日に、電車の乗り方とか、買い物の仕方とか習ってるんだぁ。前住んでたとこは田舎だったからさぁ、都会の常識を学んでる」

草太は母から教わったあれこれを那都巳に聞かせた。那都巳に感心されたので、少し得意げに胸を張る。

「君は、どうやって力の加減を学んだの？　たまに破壊するけど、日常生活では十分人の振りができているよね」

　那都巳に聞かれ、草太は照れ笑いをした。

「多分、ゲームのおかげだぁ。最初はゲームやってると、ヒートアップしてきてよくコントローラー壊してたんだ。でも壊すと弁償しなきゃだろ？　だから必死に平常心でゲームできるように訓練したんだ」

　おかげで小学校では友達との会話に事欠かなかった。芸は身を助くというがまさにその通りだ。那都巳と話している最中に、母の漏らした『ふつうに暮らせたら』という言葉が蘇った。那都巳はふつうの定義をどう考えているのだろう？

「かーちゃんは俺にフツーに暮らしてほしいみたいだけど、フツーが何かよく分からなくてさ。あかねに聞いたら、友達がいて結婚して仕事があって、って言うんだけど、フツーってそうなのか？」

　那都巳の意見を聞きたくて、草太は質問した。

「フツーって言われると難しいね。平均的という意味として捉えると、彼女の意見は間違ってはいないだろうけど、そもそもふつうじゃない君がふつうに暮らそうと思う時点で間違ってる。大体、その定義納得できないなぁ。俺、友達いないし、結婚もしてない、恋人もいないし、仕事は陰陽師で最悪じゃないか」

不満そうに那都巳に言われ、草太はぐるりと振り返った。

「えっ！　友達いねーの⁉」

まさか那都巳に友達がいないとは思わず、同情的な眼差《まなざ》しになってしまった。

「知人ならたくさんいる」

何のてらいもなく那都巳が答えて、ハッとしたように口に手を当てた。

「そういえば、櫂は俺のことを友達だと思ってるみたいなんだよね。いないって言うと、彼がショックを受けちゃうかなぁ」

その口ぶりだと那都巳にとって櫂は友達ではないらしい。

「えー。俺より駄目じゃん！　でもお弟子とか、ばあちゃんとか季長さんとか周りにいるじゃん？」

那都巳に友達がいないというのが信じられなくて、草太は必死に記憶を辿《たど》った。

「弟子は友達じゃないよ。薫子さんは家政婦で、季長さんは庭師でしょ。あ、でも知人なら本当にたくさんいるよ。連絡帳はびっしり埋まってる。メディアに出るようになってさらに増えて、収拾がつかないくらいだ。俺は広く浅い交流関係が好きだから、今の状況に満足しているけど」

気負った様子もなく那都巳が話し、草太はそんなものなのかと考えを改めた。

「雪さんが言うふつうに暮らしてほしいという願いは、多分そういうことじゃないよ。雪さんは母親として君が迫害されたり、誹《そし》られたりしないようにと願っているだけだと思うよ。だから櫂に君を預けたり、俺に預けたりして、生きる術を学んでもらおうとしてるんだろ」

諭すように言われ、草太は目をぱちぱちとさせた。何となくだが、那都巳の意見が一番母の意見に近い気がしたのだ。母はいつも草太の心配をしている。口には出さないけれど、一緒に暮らしたいと思っているのも知っている。

「そっかー。かーちゃん、俺のこと心配してんだなー」

小さい頃の記憶が蘇り、草太はしみじみと呟いた。雪の望むふつうは、本当はささいなものかもしれない。人に迷惑をかけないで生きる——。

「あ、着いたよ」

ナビが店の近くに着いたのを音声で知らせ、那都巳が店の駐車場に車を入れる。下町にある天丼屋で、店の前に海老のオブジェが置かれている。那都巳と一緒に暖簾《のれん》をくぐり、奥にあるテーブルに座る。

「何で眼鏡?」

いつの間にか那都巳が眼鏡をかけていて、草太はきょとんとした。

「一応変装。最近サイン求められたり霊視してくれって言われたりして困るから」

那都巳は平然としてメニュー表を開く。注文を取りに来た店員にデカ盛りを頼み、草太はわくわくして料理が運ばれるのを待った。十五分ほどして那都巳の分の特製天丼と、草太の分の巨大な器に盛られたデカ盛り天丼が運ばれてきた。

「正気？」

那都巳はデカ盛りを見て、ドン引きしている。店員がストップウオッチを取り出し、三十分以内に食べ終わらないと料金をいただくと説明を始める。周囲のテーブル客も、デカ盛りを見て色めき立っている。

始まりの合図と共に、草太は嬉々としてデカ盛りに喰らいついた。一番上に載っているエビ天をさくさく食べ、さつまいものてんぷらや、かぼちゃのてんぷら、山菜のてんぷらと次々と頬張っていく。てんぷらに隠れて大量に味の染み込んだご飯があるので、それらも胃に収めていく。

「雪さんが残した理由、分かった。君の食べるとこ見てるだけで腹がいっぱいになる」

向かいに座った那都巳は、すごい勢いで食べている草太を見やり、顔を引き攣らせた。草太は一気に食べすぎて咽《のど》を詰まらせ、急いで水で流し込んだ。

「あの子、すげー。細マッチョなのに」

近くのテーブルのカップルが、草太の喰いっぷりに見惚《みと》れて、囁いている。

「それって美味しいの？　単に腹を満たしてるだけなの？」

那都巳は草太の止まらない箸《はし》遣いに呆《あき》れつつ、尋ねる。ハムスターみたいに頬を膨らませ、草太は咀嚼《そしゃく》した。

「んー。かーちゃんやばーちゃんの飯のほうが美味いけど、ここも十分美味いぞ」

草太はエビ天の尻尾まで嚙み砕き、大きく頷く。巨大な器の底が見え始め、草太はさらに勢いよく頬張っていく。那都巳は草太の食べる姿を眺めながら、時々箸を口元に運んでいる。

「うっわー、あの子すっご」

「テレビ出れるよー」

家族連れに尊敬の眼差しで噂《うわさ》され、草太は勢いを止めないまま山盛りのてんぷらを減らしていった。カウンターの奥で見ていた店員がストップウオッチと共に近づいてきて、水のお代わりを注ぐ。

「お兄さん、すごいね。もう食べ終わっちゃうじゃん。うちの記録が出るよ」

白甚平を着た店員が、興奮して言う。草太は器の底に残ったご飯をかき寄せ、すべて食べ終わった。

「おおー、二十二分三十秒！　おめでとうございます‼」

器を空にした草太を讃えて、店員が高らかに叫ぶ。店内にいた客からいっせいに拍手が起こり、草太は「あざます！」と頭を下げた。店員は二千円分の食事券を持ってきて、「デザート、サービスするけど、どう？」と笑顔で尋ねてきた。

「食べるー‼」

草太が元気よく拳を突き上げると、笑いながらあんみつを持ってきてくれた。

「……君って本当に」

那都巳はまだお皿の半分も減らしていない。笑いを堪《こら》えたような顔でうつむき、額を手で覆っている。

「すごい、ツボにはまる」

デカ盛りを平らげた草太に、那都巳は笑いを堪えきれないようだ。ちっとも食べ終わらないので、俺が食べようかと申し出ると、残りをくれた。世の中の人は小食だなぁと思いながら、草太はすべての皿を空にしていった。


那都巳の残りの用事はテレビ局での打ち合わせだったらしく、草太はその後初めてテレビ局に入った。テレビで見る分には華やかな世界だったが、覗かせてもらった舞台裏は張りぼてだった。テレビはアニメくらいしか見ない草太は、廊下で芸能人とすれ違ってもぜんぜん分からない。それよりも高層ビルの上から見下ろす街並みが面白くて、ガラス窓にへばりついていた。

「こんなふうになってんだなぁ」

那都巳と一緒に入った会議室を見回し、草太は呟いた。広々とした部屋には、中央に長テーブルを二つくっつけたものとパイプ椅子が置かれているだけだ。壁にくっつけた長テーブルには籠《かご》に入ったお菓子や軽食、カップラーメンが積まれている。

「すみません、彼も一緒でいいですか？　一人にすると危険なんで」

那都巳はすでに集まっていたスタッフに声をかけ、何やら話している。部屋の隅で待っていてくれと那都巳に言われ、大人しくしていようと立っていた。

「那都巳さん、この子は？　まさかお弟子さん？」

後から入ってきたディレクターと名乗る男が草太に気づき、目を光らせて近づいてくる。小太りの水色のTシャツを着ている中年男性で、草太の背中や腕をいきなり触りまくり、目をキラキラさせた。

「いい筋肉してる。いくつ？　芸能界、興味ある？」

中年男性に質問責めにされて草太がうろたえていると、近くにいた那都巳が苦笑して草太を引き離した。

「浜田《はまだ》さん、この子は駄目。用事があって今日は一緒にいるだけで、親が厳しいから」

興味津々の中年男性から草太を隠し、那都巳が手を振る。浜田という名前らしい。

「えー。そうなの？　すごくいいのに。顔も綺麗だし、何よりスタイルがいい。パッと目を惹《ひ》くし、スターの素質があるんだけどなぁ」

残念そうに浜田が言い、名刺をポケットから取り出した。

「興味があったら声かけてね。イキのいいの探してるからさ」

浜田は那都巳の脇をかいくぐって、名刺を草太に握らせる。とりあえず受け取ったものの、興味がないので内ポケットに突っ込んでおいた。那都巳はスタッフから何枚もの写真を机に広げられ、心霊写真かどうか確認してくれと頼まれている。

「これ合成、これただのピンボケ、これは本物」

那都巳は束になった写真を次々と選別していく。草太も上から覗いてみたが、那都巳がめくるスピードが速すぎてよく分からなかった。仕方ないので壁際に戻り、食べていいよとスタッフに言われたテーブルのお菓子を食べ始める。

「じゃ、そういう感じで。ゲストは今話題のモデルの夏鈴《かりん》さんです。彼女の悩みに答える形式でお願いします」

スタッフが台本を広げながら、那都巳に説明している。打ち合わせはけっこう時間がかかり、一時間過ぎると草太はテーブルのお菓子を全部食べつくしてしまい、暇になってカップラーメンにお湯を注ぎ始めた。

「ちょ、あの子、おかしすぎるんだけど」

合計五つのカップラーメンに湯を注いだので、出来上がった順番にずるずる食べていると、さすがに打ち合わせ中のスタッフが気づいて笑い出した。草太は麺《めん》が伸びる前に全部食べようと、すごい勢いで啜《すす》っていたので、笑われているのに気づかなかった。

「草太、全部食べちゃったの⁉」

立ち上がって長テーブルの上を確認した那都巳が、頭を抱える。いっせいにスタッフが爆笑し、草太は麵を啜りながら振り向いた。四つ目のカップラーメンは激辛を謳《うた》っているもので、食べていると汗がどんどん出てくる。

「すごい、カップラーメン五つ喰いは初めて見た」

浜田も呆気に取られてこちらを見ている。

「昼にデカ盛り食べたばかりだろ？　君のお腹、どうなってんの？」

那都巳が思わずといったように口走ると、周囲のスタッフが「まさかぁ」と身を引く。

「いやいや、ホントに。証拠の写真もある」

那都巳はいつの間にか先ほどの天ぷら屋で写真を撮っていたらしく、スタッフに見せて盛り上がっている。

「君、大食い選手権とか出てみない？　無料でたくさん食べられるよ？」

最後のカップ麵の汁をごくごく飲み干していると、浜田に猫撫で声で聞かれた。たくさん食べられると言われ、心が揺れたが、那都巳に軽く睨《にら》まれたので止めておいた。

「──本当に、すごい食欲だな。鬼君もよく食べていたけど、君も負けてない」

打ち合わせが終わって会議室を出ると、那都巳が複雑な表情を見せて言った。鬼君というのは羅刹《らせつ》のことだろう。

今日の用事は終わりだというので、エレベーターに向かう。その間も那都巳は若い女性や中年男性に声をかけられ、挨拶《あいさつ》をしている。中には興奮したように那都巳の手を握り「今度視て下さいよ！」と迫ってくる輩《やから》もいる。

「テレビ局って食べるものがいっぱいあっていいな」

エレベーターに乗り込み、草太は満足げに笑った。エレベーターが下がっていく中、那都巳が無造作に草太の背広のポケットに手を突っ込んでくる。那都巳の身体が密着してきて、どきりとした。

「あれ。名刺どうした？」

那都巳は草太のポケットを次々と探りながら、首をひねる。草太は内ポケットに手を入れて、浜田からもらった名刺を差し出した。

「これは没収しておく。間違って君が変な世界に飛び込んだら、雪さんに殺される。いい？どんないい条件出されても、大食い選手権とか出ちゃ駄目だよ？」

「あ、ハイ」

素直に頷き、草太は頭を掻いた。元から出る気などないのに、那都巳は意外と心配性なのだろうか？　とはいえ母に知られたら、きっともっと心配する。母は草太が目立つのを嫌っている。正体がばれるのを恐れているのだろう。

「じゃ、帰ろうか。夕食は……今はいいね」

那都巳は草太の満ち足りた腹を見やり、肩をすくめた。ちょうどエレベーターの扉が開き、待っていた人とすれ違いで出て行く。メディアの仕事は辞めると言っていたが、スタッフとも良好な関係だし、続ければいいのにと草太は安易に考えた。それにテレビ局は思ったよりも居心地がいい場所だ。特にスタジオがある辺りは、怪しい気配がそこかしこにあった。

(都会って面白いかも？)

櫂と暮らしていた時は知らなかった世界がいくつもあり、草太は呑気《のんき》にそう考えた。草太は半妖のせいか山の中や洞窟《どうくつ》にいると居心地の良さを感じる。それと同じくらい、大勢の人でいっぱいの都会は居心地がいい。空気が清浄じゃないというか、ごみごみした感じで楽なのだ。

(あ、でも那都巳は逆に居心地が悪いのか)

ふとそれに気づき、草太は横にいる那都巳を見つめた。櫂は人混みにいると疲れると言っていた。同じ陰陽師の那都巳も疲れるのかもしれない。

(俺たちって、真逆なんだなぁー)

横にいる男と性質がまったく違うのだと悟り、不思議な感覚に包まれて草太は暮れていく空を見上げた。

那都巳のタワーマンションに戻った頃には、夕方六時を過ぎていた。ここに来るのは二回目だが、セキュリティーが厳しくて、エントランスに警備員はいるし、管理室のモニターはあらゆる角度でマンションを映している。草太は以前壁をよじ登ったのを思い出し、警備員に捕まるのではないかとひやひやしてエレベーターに乗り込んだ。今日はきちっとしたスーツ姿だったせいか、警備員は挨拶だけして通してくれた。

「ふわー。怖かったぁ」

部屋に入り、やっと緊張が解けて肩の力を抜く。那都巳は部屋の奥からハンガーを持ってきて、草太に手渡す。

「君がスパイダーマンになってるとこ、ばっちり映ってたからね。あとから警察が来て、写真見せられたよ？　笑いを堪えるのが必死だった。まぁ、あのボロボロの恰好の君と今の君は別人に見えるから」

那都巳にからかうように言われ、草太はネクタイを解いた。

「君の腹が減った時のために、出前でもとっておこうかな。ピザとかでいい？」

那都巳は上着を壁にかけ、シャツの袖をまくってこちらを窺う。このマンションには仕事以外では来ないらしく、冷蔵庫は空で、飲料水のケースがあるだけだった。

「ピザ好き！　あ、那都巳ー。俺、風呂入りたい」

肩の凝るスーツをハンガーにかけ、草太はワイシャツのボタンを必死になって外しながら言った。

「どうぞ。ちょっと待ってて」

那都巳はスマホを弄りながら、浴室のほうへ消える。ワイシャツのボタンは小さくて、外すのに時間がかかる。引きちぎりたくなるのを必死に堪え、丁寧にシャツを脱いだ。

「すぐ沸くと思う」

浴室から戻ってきた那都巳はスマホでピザの注文を終えたらしく、ふうと顔を上げた。その目が点になって、立ち止まる。草太が全裸になって汚れた衣服を抱えていたからだろう。

「……君っていつもそうなの？　櫂の家でも裸で過ごしてたの？」

じーっと不可思議なものを見る目つきで見られ、草太は赤くなって飛び上がった。

「そんなわけないじゃん！　だって今夜はエッチなことしてくれんだろ？　風呂入って身体洗ってくるから！　あ、この下着とか洗濯機にぶち込んでいい？」

いつも全裸で過ごすやつと思われてはたまらないので、草太は慌てて否定しておいた。タワーマンションに泊まると言われてから、期待に胸膨らませていたのだ。ここなら他の人の目を気にしなくてもいいし、時間もたっぷりある。

「何だろう、その性にオープンな感じ。ちょっとまずかったかな？　まぁ、君がいいならいいけど……。あ、洗濯物は洗濯機に入れておいて。スーツは駄目だよ？　そっちはクリーニングに出す」

困惑した様子で那都巳に指示され、草太は了解と言って軽やかな足取りで浴室に向かった。

脱衣所には大きな洗濯機と乾燥機が備えつけられている。使い方が分からなかったので、洗濯物を入れるだけにしておいた。そうこうするうちに湯が沸いたという機械の声が響き、草太は早速浴室に入った。前回はシャワーしか浴びなかったが、大きなバスタブでジャグジー機能もあるし、とても心地いい風呂だ。

「可愛いシャンプー使ってんなー」

ボトルが並んだ中に、女性が使うようなおしゃれなシャンプーを見つけ、嬉々として使った。いい香りがする。

「あー極楽」

大きな風呂場を堪能し、ほかほかになって浴室を出る。仕事以外で使っていないというわりに、バスタオルやアメニティの備品がきちんと揃《そろ》っている。

「お風呂出たー」

バスタオル一枚を頭にかけた状態でリビングに戻ると、出前のピザが届いていて、いい匂いを漂わせている。サイズの大きなピザの箱が五つ重なっていた。那都巳の姿がないので、他の部屋を探すと、寝室の壁の棚を開けていた。

「那都巳、ピザ食べないの？　俺はずっと食べてたけど、那都巳は喰ってないだろ？」

気楽な口調で近寄ると、那都巳が棚からボトルを取り出してサイドボードに置く。

「何それ？」

興味を持って那都巳の横に張りつくと、軽く肩を引き寄せられてベッドに座らされる。ベッドはキングサイズで、とても一人で眠る大きさではなかった。

「ローション。この前は潤いが足りなかったと思って」

草太の目の前にボトルを近づけ、那都巳が薄く微笑《ほほえ》む。ふっと甘い雰囲気になり、草太はどきりとして那都巳を見つめた。那都巳の匂いがいい匂いになってきた。ああ、この匂い。これを嗅ぐと、腰が熱くなる。

「うー。やばい」

草太は頭にかけていたバスタオルで下腹部を隠した。那都巳の匂いを嗅いで、勃起してしまった。那都巳もそれに気づき、面白そうにバスタオルの上から股間を握ってくる。

「うひー」

草太が身を屈めると、那都巳が額をくっつけてくる。キスするのかと思ったが、那都巳は吐息を被《かぶ》せるだけだった。那都巳は草太の腰にかかったバスタオルで、ごしごしと濡《ぬ》れた髪を乾かす。草太は短髪なので、空調設備の整ったこの部屋ではすぐ乾くだろう。

「……ピザ、後にする？」

耳朶《じだ》に唇を寄せて聞かれ、草太はひくりと身をすくめて頷いた。

うつぶせの状態でベッドに寝かされ、草太はドキドキしてベッドに乗り上げてくる那都巳を見上げた。那都巳はシャツにズボンという恰好のまま、ローションからぬるりとした液体を草太の臀部《でんぶ》に垂らしてきた。

「ふわぁ……」

尻のはざまにたっぷりとローションが塗られ、尻の穴をほぐすように指先で揉《も》まれる。つぷりと那都巳の指が入ってきて、熱を持った内壁をぐるりと辿られる。

「草太のいいところは、ここだよ」

ローションを足して、内壁にまで液体を注ぐと、那都巳は入れた指で奥を探ってきた。優しく何度も指の腹で撫でられて、草太は熱い息をこぼした。自分でやった時は痛いだけだったのに、那都巳に指を入れられると気持ちいい。何故だろう?

「ん……」

那都巳に同じところを何度も指で擦られ、草太は頬を赤く染めた。最初はあまりよく分からなかったが、執拗《しつよう》に弄られているうちにじわっと熱がそこから浸透してくる。那都巳はしこりのある部分をトントンと叩くようにして、空いた手で脇腹を撫で回す。

「あ……っ、あ……っ」

尻の穴を弄られているうちに、無意識のうちにかすれた声が漏れた。かすかに那都巳が笑ったような息遣いを感じ、草太は肩越しにそっと那都巳を振り返った。

「お尻、気持ちいい？」

那都巳とばちりと視線が合い、何故か銜《くわ》え込んだ那都巳の指を締めつけてしまった。自分で意図しない動きが、やけに恥ずかしい。

「気持ちいい……。何か、変な声出る」

草太はもじもじと腰をくねらせ、頬を熱くした。那都巳は草太の腰を上げさせ、尻を弄りながら勃起した性器を握る。

「もう濡らしてたの……？　草太はいやらしい子だな」

先端を指で引っかかれ、草太は腰を震わせて喘《あえ》いだ。

「うー、俺、やらしいの……？　だって気持ちいいんだもん。すぐ出そう……」

はぁはぁと荒くなった息を厭い、草太はシーツを乱した。先走りの汁で那都巳の手が濡れていく。くちゅくちゅと音がして、性器がますます反り返る。

「イっていいよ」

那都巳の艶めいた声と共に、性器を少し強めに扱《しご》かれる。尻と同時に刺激され、呆気ないほど簡単に草太は射精してしまった。ぶるりと腰を震わせ、気持ちよさにくらくらする。

「はーっ、はー…っ、はぁ……うう、もう出ちゃった……」

那都巳の指から精液がシーツにこぼれ落ちる。那都巳は身体を伸ばし、ベッド脇に置いてあったティッシュで精液を拭《ぬぐ》い取った。草太は事後の余韻に浸り、ベッドに沈み込む。草太がじーっと見ていると、那都巳はゴミ箱に汚れたティッシュを放り、覆い被さってくる。

「ところで、こういう行為をするってことは、俺のこと好きってことでいいの？」

草太の平らな胸を優しく撫で回し、那都巳が聞く。乳首を指で摘まれ、草太はまだ治まらない息遣いで頷いた。

「ご飯おごってくれるし、今はけっこう好きだぞ。気持ちよくしてくれるし……」

指先でぐりぐりと乳首を弄られ、草太はかすかに息を詰まらせた。くすぐったいだけだと思っていたが、強めに刺激されると、気持ちいい。

「うーん、ライクのほうの好きっぽいけど……ま、いいか」

那都巳は苦笑しながら、草太の乳首を口に含む。音を立てて吸われ、舐められ、草太は治まりかけた呼吸がまた乱れた。

「おっぱい吸うの？　変なの。でも……。うー……。ちょっと、気持ちよくなってきた」

片方の乳首を指で摘まれ、片方の乳首を舌で弾《はじ》かれると、徐々にはっきりとした快楽に変わっていく。草太は口元に手を当て、ぼーっとした表情で身をくねらせた。一度萎えた性器は、執拗に乳首を弄られることでまた硬度を取り戻してきた。それに気づいた那都巳が、性器を扱きつつ乳首をきつく吸い上げる。

「うぅ……、それ、すごい感じる……っ」

草太はびくびくと腰を揺らし、熱い息を吐きだした。

「ここも開発できそうだね。君、感度いいみたい」

乳首を指先で摘まみ上げて、那都巳が色っぽい目つきで言う。感度が何かよく分からなかったが、性器を扱かれて、身体が期待で熱くなる。

「もっと気持ちよくしてあげる」

那都巳が身体を下にずらし、草太の股間に顔を近づける。何をするのだろうと息を荒らげて見ると、反り返った性器をぱくりと口に含まれた。

「ええ！　えええええーっ‼」

性器を口に含むというのがあまりにも想定外だったので、草太はびっくりして大声を上げてしまった。敏感な場所を生暖かい口内で包まれ、頭がカーッと熱くなる。那都巳の頭が上下し、舌をまとわりつかせて口で扱かれる。

「ひゃああ、あああ……っ‼」

視覚的な衝撃が強すぎて、草太は腰をひくつかせてあっという間に射精してしまった。那都巳が驚いたように口を離し、上半身を起こす。那都巳の口から精液が漏れる。

「ちょっと刺激が強すぎた？　っていうか君、早漏かも」

口淫されてわずかな時間で達した草太に、那都巳が呆れつつ口の中の精液をティッシュに吐き出す。草太ははぁはぁと息を喘がせ、呆然《ぼうぜん》としたまま那都巳を見上げた。

「食べられちゃうのかと思った……っ」

性器を口で愛撫する方法があるなんて知らなかったので、一瞬パニックになりかけた。那巳の口の中は気持ちよすぎて、またすぐ性器が硬くなる。目がとろんとなり、勝手に息遣いが荒くなる。

「もっかいしてぇ……、今の気持ちよすぎるよぉ……」

草太が涙目でねだると、那都巳が口元を拭って、屈《かが》み込んでくる。

「早漏だけど、絶倫なのかな。すぐ勃《た》つね。羨《うらや》ましいほどの回復力だ」

草太の性器に手を絡ませ、都巳が感心したように言う。那都巳は空いた手で、まだ濡れている尻の穴を探った。那都巳の顔が股間に近づいてきて、草太は興奮して腰をくねらせた。

「すぐイっちゃうから、コントロールするよ」

那都巳は草太の性器の根元をぎゅっと握り、陰茎に舌を這《は》わせる。そうしながら尻の穴に入れた指でしこりの部分を押し上げてきた。両方いっぺんに刺激され、草太は身を仰《の》け反《ぞ》らせて甘く呻《うめ》いた。

「き、もちい……っ、それヤバい……っ」

長い舌で裏筋を舐められ、先端を尖《とが》らせた舌先でぐりぐりと弄られる。内部に入れた指は小刻みに揺らされ、みるみるうちに感度が上がっていく。すぐに性器は張り詰め、だらだらと蜜をこぼしている。

「あ……っ、あ……っ、も、出したいよぉ……っ」

草太は情けない声を上げ、びくびくと身体を震わせた。ねっとりと性器を舐められ、忘我の表情で甘い声を上げる。

「我慢して。お尻のほうに集中して」

音を立ててしゃぶりながら那都巳に言われ、草太ははぁはぁと胸を震わせた。奥を指でぐりぐりと擦られ、生理的な涙がこぼれ出る。気持ちよすぎて、声が高くなる。呼吸が苦しい。

「あ……っ、は……っ、ひ、あ……っ、やだ、出したい」

草太は自分の声が聞いたこともないような甘い声になっているのに気づき、変な気分になった。射精したくてたまらない。身体の中に快楽が溜まりすぎて、涙がぽろぽろ出る。

「駄目。まだ我慢」

那都巳はいつの間にか二本目の指を尻の穴に入れて、内壁を刺激する。ちゅっと先端を吸われて、大きく腰が跳ねた。尻の奥に入れた指を動かすぬちゅぬちゅというういやらしい音が響く。

「は……っ、ひ……っ、お尻、気持ちい……っ」

じんじんした熱が内部から広がって、草太はシーツを乱して甲高い声を上げた。頭の中は射精したいという一点のみになり、ろれつが回らなくなる。両足はびくびくとするし、身体が勝手に跳ね上がる。

「ひゃ……っ、ひあ……っ、あっあっあっ、やだ、何か来る……っ」

執拗に尻を刺激され、草太は腰を痙攣《けいれん》させた。気づいたら性器から那都巳の顔が離れ、尻だけの愛撫《あいぶ》になっていた。それなのに、入れた指を律動されて、怖いくらいの熱に襲われる。

「やぁ、やだ、やああ……っ‼」

激しく入れた指を動かされて、草太は仰け反って悲鳴じみた喘ぎを上げた。目がチカチカして、怖くてぼろぼろ泣き出した。

「中がすごいうねってる。中でイけそう？」

那都巳は性器の根元を握ったまま、尻の奥に入れた指を動かす。銜え込んだ那都巳の指を内壁が締めつけるのが分かる。無意識のうちに腰が浮き、内部が収縮し、息苦しいほどの快感を与える。助けを求めるように那都巳を見上げると、興奮した目つきで見つめられていて、ぞくぞくっと背筋に震えが走った。

那都巳が握っていた草太の性器の根元から手を離す。

「やぁあああ……っ‼」

気づいたらひどく大きな声を出して、達していた。塞《せ》き止められていた快楽が解放され、性器から勢いよく白濁した液体が飛び出る。四肢がぴんと張り詰め、あふれ出る快感に歯止めが利かなくなった。失禁したかと思うような強い快楽が起こり、ひっきりなしに漏れる声を止められなかった。

「ひ……っ、は……っ、はひ……っ」

草太は痙攣して、襲い来る快楽の波に身悶《みもだ》えた。何度も達したような信じられない快楽を感じていた。ようやく那都巳の指が尻から引き抜かれ、草太はぐったりしてベッドに身を投げ出した。

「すごい、中でイけたね……。敏感な身体だなぁ……角が出ちゃってる」

那都巳が宥《なだ》めるような動きで胸を撫で回す。しこった乳首に指が当たり、びくっ、びくっと身体が勝手に跳ね上がる。気づかぬうちに鬼に戻っていたらしく、角が出ていた。

「はー……っ、は……っ、ひ、は……っ」

草太はまったく息が整わなくて、ぼうっとしたまま横になっていた。全身がだるくて、強烈な眠気を感じる。まだ身体中甘い感覚に包まれているようだ。

「イきすぎて眠くなった？」

那都巳の手が草太の頬を撫でる。草太はその心地よさに目を閉じ、はぁはぁと呼吸を吐き出した。

「なぁー……。今日はチューしねーの……？」

薄く目を開けると那都巳の唇が見えて、草太はついそんな言葉を口にしていた。那都巳が驚いたように目を見開き、少し屈み込んでくる。

「してほしいの？」

甘い声音で囁かれ、草太は唇を突き出した。

「ん……。気持ちいいからしてほしい」

　草太の言葉が終わるのと同時に、那都巳が顔を近づけて唇を重ねてくる。柔らかな感触に、ふふと思わず笑顔になる。頬を軽く撫でられて、完全に目を閉じた。

「拭《ふ》いておくから寝てていいよ。俺もちょっとやばい、風呂場で抜いてくるか……」

　那都巳の声を聞きながら、草太はようやっと整ってきた呼吸に、身を任せた。心地よい眠りに引きずり込まれ、草太は考えることを手放した。


　明るい日差しを感じ、草太は目を開けた。見慣れぬ天井と、見慣れぬ寝室が目に入り、一瞬戸惑って視線を動かす。横を向くと、隣に黒のパジャマ姿の那都巳が寝ている。すやすやと眠る顔を眺め、草太は昨日のことを思い出した。

（あーすっげ、気持ちよかったなぁ……。思い出しただけで勃ちそう）

　今思えばすごい声を出したし、かなりの痴態を見せた気がする。少し恥ずかしくなり、草太は起き上がった。昨夜、着替えた覚えはないのだが、那都巳が着せてくれたのか、白いパジャマを着ていた。下着は見たことのない新品のものだ。きっと那都巳の予備だろう。

（でも待てよ。昨日は俺ばっか気持ちよくなってたような？）

ふと思い返し、那都巳に申し訳ない気持ちになってきた。草太は大満足で眠ったが、那都巳はきっとつまらなかったろう。

（そうだ、俺もやってやろう！）

ぴーんとひらめき、草太は毛布をめくって寝ている那都巳を見下ろした。起こさないようにと静かに動きながら、那都巳のパジャマのズボンをゆっくりと引きずり下ろす。

（あ、何だ。那都巳も勃ってるじゃん。そっかー、那都巳も勃つんだなー）

下着越しに膨らんでいるそこを見つめ、草太は何とはなしに嬉しい気持ちになり、そろそろと下着を下ろした。

（わーっ、他人のちんこってすごーい）

初めて見る那都巳の勃起した性器に感動し、草太はあやうく声を出しそうになった。大きくて長くて立派なものだ。

（えっと、昨日の那都巳はこう……）

そろりと那都巳の性器を手で持ち、ぱくりと口に銜えた。昨日那都巳がしてくれたように、口を動かそうとして――。

「痛い‼」

突然鋭い声がして、目を覚ました那都巳と目が合った。那都巳は青ざめた顔で草太を凝視している。寝ている隙にやろうとしたのに、銜えたとたん起きてしまった。しかも背後に何か禍々しい気配がある。慌てて那都巳の性器から口を離し、振り向いた。

寝室の入り口に、狐《きつね》の面を被った緋袴《ひばかま》の女性が立っている。人ではない。おそらく那都巳の式神だろう。

「……何してるの？」

那都巳におそるおそる聞かれ、草太は照れ笑いを浮かべた。

「いやー、昨日のお礼に口でやってやろうと思って」

草太があっけらかんと言うと、はーっと那都巳が息を吐きだした。那都巳は身体を起こして、入り口に立っている式神に手を振る。

「こっちは大丈夫だから、出てこなくていいよ」

那都巳の声と共に、狐面の女性は消えた。

「あのね、寝込みは襲わないで。君の牙《きば》が当たって痛かった。俺に危害を加えようとすると、式神が自動的に出てきちゃうからね」

下ろした下着とパジャマをずり上げ、那都巳がため息と共に言う。

「そうなの……？　俺、下手くそだぁ」

痛いと言われるとは思わなかったので、がっかりして草太は肩を落とした。牙と言われて自分が鬼のままだったのに気づく。

「君は空回りしそうだから、お礼とかいいから。昨日気持ちよかったならそれでいいよ」

ぽんぽんと頭を優しく叩かれ、草太は急いで人間の姿に戻った。

「昨日すごいよかった。思い出してまた勃った。那都巳も勃ってるから、俺もしてあげようと思ったんだけどなぁ」

那都巳の匂いを嗅ぎ、草太はうっとりして言った。那都巳の匂いが好きになってきた。嗅ぐと心が浮き立つし、身体が熱くなる。

「これは朝勃ちだから、トイレ行けば治まるよ」

当たり前のように那都巳に言われ、草太はきょとんとした。朝勃ちとは何だろう？

「え？　朝勃ちしないの？　まさか」

草太の様子に何かを勘づいたのか、那都巳が興味深げに身を寄せる。話を聞くと、一般的に健康的な男子は朝は勃起しているのだそうだ。

「朝から勃起してたら大変じゃないか。さすがの俺もないぞ」

草太が胸を張って言うと、那都巳は考え込むように額に指を当てている。

「半妖の身体は似ているようで違う点も多いのかな。それともまだ子どもだから？　今度鬼君にも聞いてみようかな」

ぶつぶつ言いながら那都巳がベッドから起き上がり、乱れた髪を手で梳《す》く。

「朝食、昨日のピザでいい？　レンチンすれば美味しいと思う」

パジャマ姿のまま那都巳が寝室を出て行く。那都巳がすんなり行ってしまったので、草太も仕方なくベッドを離れた。本当は昨夜のお礼に自分も那都巳を気持ちよくしたかったのだが。

リビングに行くと、昨日食べ損ねたピザの山がテーブルにそのまま残っている。サイドメニューもたくさん頼んでくれたようだ。

「ピザ美味ぇー」

那都巳がレンジで温め直してくれるのが待ちきれず、草太は箱を開けて手づかみでピザを貪《むさぼ》った。ピザは冷たくてもそれなりに美味しかったが、温めるとさらに美味くなった。那都巳は四種のチーズが載ったピザが好きらしく、はちみつをかけて優雅に口にしている。

「なぁ、昨日俺はすっごいよかったけど、那都巳はそれでいいのか？　口でやるのは駄目なら、手とか？　俺も那都巳を気持ちよくさせたいんだけど」

ピザを食べる那都巳の口元を見ていたら、先ほどの件が気になって尋ねてみた。自分ばかりが気持ちいいのでは那都巳は損をしているのではないかと思ったのだ。よく考えてみたら昨夜のような行為は、權と羅刹がよくしていたものと同じだろう。權と羅刹は二人とも気持ちよさそうだった。

「いや、俺まで気持ちよくなったらまずいだろう」

ふと那都巳の表情が真面目になり、草太は胸にひっかかるものがあって、ピザを頰張る手を止めた。

「何で？」

「セックスになっちゃうから」

苦笑して答えられ、草太は固まった。那都巳の言っている意味が理解できなかった。

「セックスって分かる？」

固まっている草太を見やり、那都巳がペットボトルのお茶を口にする。草太はなけなしの知識を総動員して、頷く。

「小学校で少し習ったぞ。精子と卵子がくっつくと子どもができるって。女子はもっとくわしく教えられたみたいだけど、男子は避妊具の使い方までしか教わってない」

保健体育の授業で習った内容を思い返し、草太は答えた。あの授業ではお尻に気持ちいい場所があるとか乳首が感じるようになるとか教えてくれなかった。

「あれ、でも那都巳は女子じゃねーし、セックスできなくない？　あ、でもでも先生と羅刹がしてるのってセックスなんだよな……？」

頭がこんがらがって草太は腕を組んだ。男同士でもセックスは可能なのか。

「櫂と鬼君の行為って見たことあるの？」

新しいピザを手に取って、那都巳に聞かれる。

「ないよー。絶対見ちゃ駄目って言われてたし……匂いと声だけ聞こえちゃったけど。あ、そういやあの時の匂いって、精液の匂いだったんだな。先生たち、こんな気持ちいいことしてたんだ。何で俺も混ぜてくんなかったのかな？」

聞かれていろいろ思い返し、草太は合点がいった。

「いや、君は混ぜないでしょ。あのね、セックスっていうのは好き合った者同士がやる行為だよ？」

那都巳にすげなく言われ、草太はショックを受けて顔を強張《こわば》らせた。

「俺、先生たちに嫌われてたの!?」

「思考が三歳児で話が進まないな。この場合の好きは恋人としての好きね。恋人っていうのは、基本お互いだけ。つまり君のお父さんとお母さんみたいに。多くの恋人を持つ人もいるけど、そこは今は除外して……、櫂が好きな人しか性器を触っちゃ駄目って言ったのはそういう意味」

那都巳に説明され、草太は難しくて頭を悩ませた。要するに性的な行為は恋人のみで行われるものなのか……。

「俺たちは違うってこと？　那都巳を気持ちよくさせたらまずいの？」

うんうん唸《うな》りながら到達した答えに、草太はがっかりした。

「いろいろまずいだろ。君を気持ちよくしてあげるくらいはぜんぜんいいと思うけど、それ以上はさすがに騙《だま》しているようで気が引けるな。見た目が大人だし、鬼の世界では大人なんだろうけど、あまりにも中身が子どもすぎて……」

草太はさらに混乱してきて、目をぱちくりした。何がまずいのか理解できなくなってきた。

子どもすぎて駄目というのは分かった。そう言われても、どの辺を改善すればいいか分からない。

「うーん、うーん」

草太は頭を掻きむしり、とりあえず目の前にあるピザを食べきろうと、すごい勢いで口に放り込んだ。

(恋人の好きって何だよ⁉)

内心そう叫びながら、もぐもぐと口を動かす。さすがの草太も、それを口にしたら子どもっぽいというのは理解していた。要するにそれが分からないから子どもだということも。

(俺も那都巳が射精するとこ見たいのになぁ)

納得いかないままテーブルの上のピザを平らげ、草太はポテトに手を伸ばした。もくもくと食べている途中で、那都巳のスマホが鳴りだす。

「はい。——ああ、住職」

那都巳はスマホに出たとたん、目を光らせて腰を浮かせる。

「ええ、ええ。そういうことなら今日伺います」

那都巳の声が興奮した色に変わり、スマホを切った後も、そわそわして落ち着かない様子になる。

「草太。今日はお寺さんに行こう」

草太が食事を終えたのを見て、那都巳が嬉しそうに頬を弛《ゆる》ませる。誰か知り合いからのお誘いだったようだ。別に構わないので頷いたが、替えの服がないのに気づいた。

「昨日の服でいい？」

スーツはハンガーに吊《つ》るしてあるので、問題ない。

「昨日着てたシャツなら洗ってもう畳んである。スーツは俺のを貸すよ。着替えたら早速出かけよう」

那都巳は明らかにウキウキした様子で身支度を整え始めた。こんなに浮かれている姿は珍しい。どこへ行くのだろうと気になりながら、草太は着替えを始めた。

「行き先は神奈川《かながわ》だから、寝ていていいよ」

タワーマンションの駐車場に置かれた車に乗り込むと、那都巳はそう言ってエンジンをかけた。隣の県ならすぐには着かないだろうと、草太は遠慮なく目を閉じた。

目を閉じると、先ほどの那都巳との会話が頭の中で反芻《はんすう》される。

恋人としての好きと、不特定多数に感じる好きの違い、どうして気持ちいい行為を特別な人とだけするのか、さまざまな疑問が頭を駆け抜けた。眠くはなかったが、目を閉じていると少しうとうとしてきて、思考は散漫になった。

考え続けているうちに、昨日退治した物の怪の記憶まで蘇ってきた。

物の怪と闘うのは好きだ。手応えのある相手なら、なお面白い。あまりに強すぎると困るが、全力を出せるのは楽しい。人間の振りをしている時は、力をセーブしているから。

『お前は鬼なのに……人の味方をするのか？』

低い声が脳裏に響き、草太はギョッとして目を覚ました。今の台詞《せりふ》は前に倒した大蜘蛛の言葉だ。白い着物姿の物の怪も言っていた。何で人間の味方をしているのか、と。

「どうしたの？」

ぼーっとした顔の草太に気づき、那都巳が声をかけてくる。いつの間にか高速を走っていて、ビルの間に空が広がっている。

「何でもない……」

好きについて考えていたはずなのに、どうして物の怪から言われた言葉を思い出したのかよく分からず、草太は言葉を濁した。胸がざわつくというか、もやもやした思いが残っていた。

（あれ？　物の怪と人間って恋人になっていいの……？）

物の怪たちの言い方だと、人と物の怪は相容れないというニュアンスだった。だが母と鬼だった父も、櫂と羅刹も、人と物の怪という間柄だ。

（うー。訳分かんなくなってきた！　先生に相談したい！）

櫂に那都巳との関係について聞きたくて仕方なくなり、草太はそわそわした。那都巳にこれ以上聞くのは呆れられそうでできなかった。聞けば聞くほど那都巳は自分を子ども扱いするからだ。なんとなく、那都巳に子ども扱いされたくない。

じれったい思いで窓から空を見上げ、草太は次の休みに櫂のところへ遊びに行こうかと目論《もくろ》んだ。

「もうすぐ着くよ」

高速を降りると、那都巳は一般道を通ってナビを見やった。十五分ほど走っていると、既視感を覚えた。裏通りに入り、那都巳は空いていた駐車場に車を停める。車を出ると、肌寒いくらいの空気が頬を嬲《なぶ》った。空にはうろこ雲が広がっている。歩き始めた那都巳についていきながら、草太は見覚えのある景色だと思った。民家はぽつぽつとあるくらいで、ほとんど空き地か廃屋ばかりだ。竹林が見えてきて、急に記憶が蘇った。

「あ、ここ！」

竹垣で囲われた敷地にお堂が建っている。ぐるりと回った先に四脚門《よつあしもん》が現れ、『炎兕寺《えんじゆじ》』という寺の名前が書いてあった。以前、櫂と一緒に来たことがある寺だ。その時は怖い気配があって、とてもじゃないが入れなかった。

「俺、怖くて入れないよ」

四脚門の前で草太が尻込みすると、那都巳が手を握ってきた。門は閉まっていて、誰でも入れるお寺ではない。

「今は俺の式神だから入れるはずだよ」

そう言って、那都巳は閉まっている門を押し開ける。半信半疑だったが、那都巳に手を引かれ、草太は門を潜《くぐ》り抜けた。確かに、肌がぴりつく感覚はあるが、中に入れる。だが、中門の辺りから、般若《はんにゃ》の顔をした恐ろしい仏像が草太を睨みつけている。

「安倍様」

敷地内を歩いていると、那都巳と草太に気づいた黒い袈裟《けさ》を着た僧侶《そうりょ》の一人が駆け寄ってくる。

「お待ちしておりました。今、住職を呼んで参ります。本堂のほうへどうぞ」

僧侶はちらりと草太を見て、何とも言えない顔つきになる。

「これは俺の式神だから、見逃して」

那都巳にウインクされて、僧侶が強張った表情で、すっと離れていく。草太は気を張りながら那都巳に引かれ、本堂に上がった。広い板敷きの本堂には祭殿が置かれ、十一面観音菩薩《ぼさつ》立像が草太を厳しい眼で見下ろしている。草太は僧侶が持ってきた座布団に正座し、ひたすらうつむいていた。

(ひいい、俺、悪さしません！)

十一面観音菩薩以外にも、いくつもの仏像が祀《まつ》られていて、本堂に入ってきた草太を監視している。生きた心地がしないとはこのことだ。重圧を全身に受け、草太は早く帰りたいと願った。

「若、ご足労です」

奥から黒い袈裟を着た僧侶が現れた。草太は顔を上げると、身を縮めて自然と唾を呑《の》み込んだ。一見柔らかな顔立ちをした細身の老僧だった。だがその姿があまりに神々しくて、草太は座っているのもつらくなった。この場を逃げ去りたいと思うくらい怖い力を持っているのが分かり、脂汗が滲《にじ》み出る。

「お久しぶりです。修行明けにすみません。良い修行をなされたようですね」

那都巳は老僧と知り合いらしく、親しげに話している。老僧はちらりと草太を見やり、那都巳の前に座布団なしで正座した。ちょうど十一面観音菩薩の前に座ったので、ダブルで重苦しいものを感じた。

「お呼び立てしたのは他でもない。比丘尼の件です」

老僧はほうっと息を吐き出し、厳かに切り出した。草太はびっくりして顔を上げた。ばちりと老僧と目が合い、慌ててうつむく。

「比丘尼はここで世話になっているのですか？」

那都巳が身を乗り出して尋ねる。おそらく八百比丘尼のことだろう。数カ月前に草太は八百比丘尼と関係する事件に巻き込まれた。櫂を苦しめた恐ろしい尼僧で、那都巳が執着している相手だ。事件の後、八百比丘尼はどこかへ消えたと聞いたが……。

「正直、若にはあまり引き合わせたくはなかったのですが」

老僧は困ったように微笑む。堂内がふっと静まり返り、草太は異様な気配を感じて振り向いた。本堂に上がる階段から、ゆっくりと現れる人影がある。白い頭巾《ずきん》を被った尼僧だ。しずしずと階段を音もなく上がり、本堂に入ってくる。

「まぁまぁ、安倍の若君。お会いできて嬉しゅうございます」

その場にいた那都巳や草太の視線を浴び、尼僧が微笑む。美しく、整った顔立ちをした尼僧だ。儚《はかな》げにも見えるたおやかな身体つきで、白くきめ細かな肌をしている。草太が以前居候していた屋敷の主人にそっくりだが、醸し出す雰囲気がまるで違う。八百比丘尼――伝説の人魚の肉を喰ったとされる不老不死の尼僧だ。

八百年以上前から存在する物の怪に近い存在――まさかこんな場所にいたとは。

「あら、小鬼まで連れて……」

比丘尼が草太に気づき、小さく笑う。草太は思わず身構えて、比丘尼を睨みつけた。前回会った際はさんざん苦しめられたのだ。とても和やかに笑い合う相手ではない。そもそもこの比丘尼は得体が知れなくて、草太は苦手だった。けれど草太にとって居心地の悪い本堂にいても平然としているところを見ると、神仏の加護を得ている者なのだろうか？

「比丘尼、今日も美しい。あなたに会えるなんて、今日は最高の日だな」

那都巳は満面の笑みを浮かべて立ち上がり、比丘尼の手を取った。その姿にもやっと心が騒ぎ、草太は二人を睨みつけた。那都巳は比丘尼に対して呪詛《じゅそ》を行った。那都巳にとって八百比丘尼は好きなあまり調伏したい相手だそうだ。草太にはさっぱり理解できない。お互いに殺し合っているような仲なのに、比丘尼も花が咲いたような笑みを那都巳に向ける。

「まぁ、いけませんね。安倍の若君。そちらの小鬼が嫉妬《しっと》してしまいます」

悪戯《いたずら》っぽい笑みを向けられ、草太はどぎまぎした。

(俺が嫉妬?)

意味が呑み込めず変な顔をしていると、比丘尼が意味ありげな目つきで、草太を見つめてきた。比丘尼は住職の斜め後ろに膝《ひざ》を折る。那都巳が草太の横に戻ると、住職が居住まいを正す。

「これなる尼僧が、ただの尼僧でないことは若も知っての通り。尼僧は不老不死という業を抱えております。先々代からうちの寺で面倒を見ておるのだが、今こうしてここにいるのも予期せぬ出来事。本来ならばあと二十年は眠りについているはずだったのです」

住職が厳かな口ぶりで話し始めた。

「尼僧は不老不死なれど、九相図《くそうず》に描かれると絵に封じ込められるという術でしばしの眠りを得られます。今から二十年前、私が同席して、尼僧を絵に封じ込める術を行いました。それに協力してくれたのが星野《ほしの》という日本画の絵描きで、その者の家の壁に尼僧を封じ込めました。星野には息子や孫の代まで、なるべく長くこの部屋の封印を解かないよう言っておいてくれと頼んでありました。けれど連絡が途絶え、星野自身が認知症になり、尼僧が奇《く》しくも復活してしまった……」

　草太は思わず身を乗り出して話に聞き入った。九相図とは何だろうと疑問が浮かんだが、とても聞けるような雰囲気ではない。何よりも草太が口を挟むのを、仏たちが厳めしい顔で許してくれない。

「櫂から話は聞いていますよ。偶然なのか、必然なのか……なるべくしてなったということでしょうかね。その節は櫂の力になってもらい、ありがとうございます」

　那都巳が微笑んで言う。

「一昨日、彼ならお礼参りに来ました。深い業から解き放たれたようで何よりです」

　住職も那都巳に微笑む。

「これなる尼僧は魔性菩薩とでも申しましょうか。人の心の深い部分を見抜くのに長《た》けておりまする。そのせいで、本人は善いことと思ってした出来事がのちのちに周囲を巻き込む惨事になるのもしばしば。特に尼僧の身体は人や物の怪にとって増強剤ともなりうる危険なもの。鬼が食べればたちどころに傷が治り、強くなり、人が食べれば鬼と化す。私としましては尼僧を再び九相図に閉じ込め、大人しくしていてほしいと願うばかりです」

　住職の話は草太の肌をびりびりと焦がした。以前、比丘尼と組んだ伊織《いおり》という鬼は、会うたびに強さを増していた。比丘尼の肉を喰っていたからだ。

「ふふふ。坊や、私を食べたくなった？」

草太の思考を見抜いたように、比丘尼が潜めた声で見つめてくる。草太は背筋を震わせ、慌てて顔を背けた。強くなりたいが、比丘尼は喰いたくない。人の形をしているものを食べる勇気はない。

「比丘尼はどうお考えで？」

那都巳は興味津々と言った様子で比丘尼を見つめる。那都巳が比丘尼に熱い眼差しを注いでいるのを見るにつけ、もやもやした気分が高まっていく。那都巳は少しはこっちを見るべきだ。

「私は住職様のお考えに従うのみです。この寺だけが私のよすがなのですから」

比丘尼はか弱い女性みたいな態度で粛々と述べた。ということは、比丘尼はまた深い眠りに落ちるということなのだろうか？

「なるほど……それで？」

那都巳は住職に鋭い視線を注ぐ。住職が深く頷いた。

「来月の良き日に、尼僧を九相図に封じ込めようと思います。これは秘術でして、本来なら弟子に教えるべきものなのですが、我が弟子たちの中に、尼僧の持つ魔性に抗《あらが》える者がおりません。ですので、若に術を伝授したいと思う所存です。いかがでしょう」

重苦しい空気が堂内を満たした。堂の奥のほうの小部屋にはここで暮らす僧たちがいて、住職の発言を聞いている。その気持ちが伝わってきたのかもしれない。

「願ってもない話です。ぜひ、ご伝授願いたい」

那都巳は興奮した心持ちで、住職に三つ指を突いた。住職も安堵《あんど》した様子で肩の荷を下ろす。

「術は絵描きが描き始める時と、筆を置いた時点にかけます。日時は追って連絡しますので、どうぞよろしくお願い申す」

住職も那都巳に対して三つ指を突いて深々と頭を下げる。

草太はちらりと比丘尼を見た。比丘尼は本当に眠りにつくことを受け入れているのだろうか？　これが草太なら全力で抵抗する。だが比丘尼は何百年もの時を生き続けている。永遠に生き続ける定めになれば、死に似た眠りを望むものなのだろうか？

（那都巳はそれでいいのか？）

草太には理解できなくて、じりじりとした思いを抱いた。那都巳は比丘尼に執着している。その相手がいなくなることは嫌ではないのか？

（俺にはぜんぜんわっかんね！　でも皆、分かったような顔して和やかに話してんだよなぁ）

困惑しているのは草太だけで、比丘尼も含め、全員納得したような顔をしている。

（それはそうと……足、痺《しび》れた！）

草太はそろりと足を崩し、痺れた足を伸ばした。とたんに右手に宝剣を持っていた童子が、さーっと飛んできて、すごい形相で刀を振り下ろしてくる。おそらく不動明王《ふどうみょうおう》に仕える眷属《けんぞく》だろう。草太は慌てて飛び退《とすさ》った。痺れた足で本堂の隅へ急ぐ。いっせいに那都巳と住職と比丘尼が振り返り、草太は赤くなった。

「俺、庭にいるから！」

眷属が刀を振って本堂から追い出そうとするので、草太は仕方なくこの場を退散した。階段を駆け下りて、靴下のまま庭に逃げる。眷属はお堂の先は追いかけてこなかったので、池の周りの岩にやれやれと腰を下ろした。

（寺ってマジでこえーな。俺がいると皆怒るんだよなぁ）

自分が半妖だということは自覚しているつもりだが、こうやって物理的な攻撃を受けると、気が滅入る。悪さをするつもりはないし、これまでの人生で悪いことをした記憶もないのだが。

（俺って鬼なんだなぁ……）

そこにいるだけで疎まれる存在だと気づくと、ずーんと胸が苦しくなる。治しようがない部分で責められるのは、つらい。

（こんなんだからかーちゃんが心配するのかな）

ぼーっと池の鯉《こい》を眺めていると、背後にひやりとする気配がある。慌てて振り向くと、案の定、そこに比丘尼が立っている。

「靴を忘れておりますよ」

優しげとさえとれる笑みを浮かべ、比丘尼が草太の履いてきた革靴を持って近づいてくる。受け取ろうと思い立ち上がると、比丘尼にそのままでと手で制された。草太は言われたまま、岩に座り直す。

「慣れない正座は窮屈でしたでしょう」

比丘尼は草太の前ですっと膝を折り、手づから草太の足に革靴を履かせてくれる。他人に靴を履かされた経験は子どもの頃、母からくらいしかなかったので、草太はどぎまぎして頭を下げた。

「可愛らしい小鬼だこと……。あなたは安倍の若君の式神なのですね？」

草太に靴を履かせたら立ち去るかと思った比丘尼は、そのままの体勢で草太の膝に手を載せ、上目遣いで見上げてくる。その恐ろしさは知っていても、櫂に似た綺麗な顔立ちは、草太の心から警戒を解かせてしまう。

「あ、はぁ……。えっと、まぁ……」

草太は何と言っていいか分からず、頭を掻いた。比丘尼の触れている部分がやけに熱い。細くて白い指は草太の感覚を狂わせる。ふっと比丘尼が立ち上がり、顔を寄せてきた。

「若君の傍は居心地が良いのですか。あの方はあなたなどの手に負える相手ではありませんね。可哀そうなこと――物の怪の身でありながら陰陽師に恋をするなど」

比丘尼の手が草太の頰を撫で、深い闇を思わせる瞳に覗き込まれる。草太はびくりとして、硬直した。比丘尼に見つめられ、身体が動かなくなった。

「私には分かっておりますよ。ああ、可哀そうな物の怪……救って差し上げたい。私の母なる心が、あなたを息子のように感じている。若君に愛されるために、この母が力を貸しましょう」

比丘尼の手が艶めかしく草太の頭を撫で、肩を撫で、吐息を耳朶に吹きかける。草太はコントロールの利かなくなった身体に怯《おび》え、内心パニックになった。

「――比丘尼」

空間を切り裂くような鋭い声がして、草太は自分の身体が自由になるのを知った。ぶわっと汗が飛び出て、比丘尼の手から逃げ出すように後ろへ大きく跳躍する。いつの間にか池の近くまで那都巳が来ていて、口元に笑みを浮かべながら比丘尼を見据えている。

「その子には、ちょっかいかけないでほしいな。まだ幼子だ、君のような百戦錬磨に敵《かな》うわけがない」

にこやかに微笑み、那都巳は草太と比丘尼の間に入ってくる。草太は早鐘のように鳴り響く鼓動が治まらず、那都巳の背中に隠れた。

「まぁ、ひどい言い方……。私は哀れな小鬼を助けてあげたかっただけですのに」

比丘尼は口元に手を当て、残念そうに首を振る。

「私はこの寺におりますので、いつでもいらして下さいね」

優雅に一礼し、比丘尼がにっこりと笑って背中を向けた。今の言葉は那都巳に言ったのか、自分に言ったのか。草太はドキドキして那都巳の肩越しに比丘尼の後ろ姿を覗いた。

「比丘尼と二人きりになっては駄目だよ。君なんて、軽くひねられちゃうからね？　約束して。比丘尼とは関わりを持たないって」

草太の肩に手を置き、那都巳が一転して厳しい顔つきになる、草太も動揺が収まらず、何度も頷いた。言われるまでもなく、近づきたくない。比丘尼に見つめられて動けなくなったのはどうしてだろう？　尼僧だし、半妖の草太を縛る術でも持っているのだろうか？　それに——。

（俺、那都巳に恋してんの？　そんなわけないだろ。ない……よな？）

比丘尼は草太が何も言わないうちから、勝手に理解したような発言を繰り返していた。まるで草太が那都巳を好きみたいに——。

（那都巳はけっこう好きだけど。恋って何だ？　もー恋って何なの⁉）

頭がこんがらがりそうになり、草太は頭を掻きむしった。比丘尼の思わせぶりな瞳だけが心の底に沈んで残った。

■四章　物の怪と人

炎咒寺《えんじゆじ》から那都巳《なつみ》の屋敷に戻った翌日、草太《そうた》の目にも明らかにあかねの異変が見て取れた。

あかねはすっかり猫背になり、暗い面持ちでふさぎこんでいる。黒いもやだったものは、草太の目にははっきりとした悪霊の影となった。長い黒髪の女性で、ずーっとあかねの耳元で何か囁《ささや》いている。

弟子の笑梨《えり》と正二《せいじ》は何度となくあかねに話しかけるが、肝心のあかねは彼らの声に耳を貸さない。

「おーい、あかね」

玄関前の掃き掃除をしていた時にあかねが出てきたので、草太は思いきって声をかけた。

「……何？」

あかねはしかめっ面で立ち止まる。手に茶封筒を持っているので、きっと郵便局に出しに行くのだろう。

「あのさぁ、最近お前……」

やばいの連れてるぞ、と言いかけた草太は、あかねの肩越しに黒髪の女性ににたりと笑われて固まった。あかねに憑《つ》いている悪霊は、草太が近づくと異様に興奮した様子でけたけた笑い出す。あかねは頭痛がするのか、眉根を寄せて頭を押さえる。

「もう、何……？　頭痛いのよ、話なら早くして」

鬱陶《うっとう》しそうにあかねが吐き出す。

「あ、ご、ごめ……。な、何でもねーや」

あかねの後ろの悪霊と見つめ合い、草太は言葉を呑《の》み込んだ。どうやら草太が傍にいると、悪霊が活気づくようだ。これはまずいと、あかねから身体を離した。いぶかしそうにあかねが振り返りつつ、門へ向かう。

（うー。俺が近づくと、マジやべーじゃん）

悪霊を追い払ってやろうとしたのに、逆に活性化させてしまった。自分が鬼なのだというのを思い知らされた。ひょっとしたら、あかねに悪霊がとり憑いたのは、自分がよく話しかけるせいかもしれない。そう考えると、ひどく落ち込んだ。

（悪霊ってどうやって退治すんだろ？　物の怪は殴ると手ごたえがあるけど、悪霊は殴れんのかな？）

試しに背後からそろーっと手を伸ばしてみたが、あかねの悪霊には触れず、宙を掻《か》いてしまった。あかねは茶封筒を抱えて、屋敷から出て行った。悪霊は退治の仕方が違うのかもしれない。

　あかねの様子が気になるものの、日曜の休日が来て、草太は母に誘われて街中へ遊びに出かけた。本当は櫂《かい》のところへ遊びに行きたかったのだが、冬物の洋服を買いに行こうと言われて母親を優先した。

「那都巳様、いい方ですね。お前の様子をよくメールで送ってくれますよ。写真もくれて。あなたまたデカ盛りを平らげたのね？」

　草太の冬物の衣服をたくさん買い込んでいる途中、雪《ゆき》が嬉《うれ》しそうに写真を見せてくれる。那都巳は母に草太の日常の写真を送っているようだ。いつの間に撮ったのだろうと思うものまである。天丼屋で記録を作った時の写真もあって、母は呆《あき》れている。

「面倒を見てくれて、お給料までいただいて、最初はどうなることかと思ったけれど、那都巳様にお任せしてよかったですね」

　母の安堵《あんど》した様子を見ていたら、草太も嬉しくなった。買った衣服や身の回りの小物で、両手いっぱいの荷物になる。今日は天気がいいせいか、母は日傘を差していて、白いワンピースがとても似合っている。母は最近華道の教室を再開したそうだ。草太がちゃんと働いているので、仕事を始めても大丈夫だと確信したらしい。

　昼食は何が食べたいか聞かれて、草太はまだ行っていないデカ盛りの店に行きたいと頼んだ。下町にあるレトロな雰囲気の店で、女性客も半分くらいいたので、ホッとした。あまり男臭い店に雪さんを連れて行くなと那都巳に諭されたからだ。

「いただきまーす」

頼んだ料理が運ばれて、草太は嬉々《きき》として手を合わせた。カレーとナポリタンが巨大な皿にあふれんばかりに載っている。記録を作れば賞金が出るというので、すごい勢いで平らげて賞金をゲットした。

「彼氏さん、すごいねー」

店の主人は草太と母がカップルだと勘違いして、笑顔で話しかけてくる。母の複雑そうな表情を横目で眺め、ふと那都巳に言われたことを思い出した。

「あのさぁ、かーちゃん。恋って何なの？」

食後のパフェを食べながら、草太は素朴な疑問を口にした。母がびっくりしたように食べていたさくらんぼを呑み込んでしまう。咳《せ》き込む母を覗《のぞ》き込み、大丈夫？　と声をかける。

「ああ、驚いた。草太が変なことを言うから……」

窓際の席だったので、母はきょろきょろしながら口元をナプキンで拭《ふ》く。

「どうしたの？　恋って……。学校に好きな子でもいたの？」

不安そうに母が聞く。学校に好きな子と言われ、草太は小学校に通っていた頃を思い返した。

「うーん、特別この子ってのはいなかったな。俺のこと好きって言ってきた子はいたけど。よく分かんねって言ったら、その子の友達に怒られて」

けた。

「モテたのね」

母は嬉しそうにはにかんで笑う。そういえばクラスの中にはませた子もいて、あの子とあの子はつき合っているんだよと教えてくれた。その二人が仲良く手を繋《つな》いで帰っているのも見かけた。

「そっかー、恋ってそういう感じのやつかー。あのさぁ、えっちなことってさぁ、二人きりでいたがる相手とだけ、するものなのか？　誰とでもするもんじゃないんだろ？」

合点がいって草太が手を叩《たた》くと、母が顔を赤らめて唇に指を立てる。

「そういうことはこんな場所で口にするものではありません。何を言い出すの」

「え、そか……。小さい声ならいい？　性教育は小学校でしか習ってないから、細かいとこが分かんなくてさ。かーちゃんととーちゃんも恋なんだろ？」

草太は背中を丸めて、アイスを口に運びながら母に問いかけた。

「それは恋ではなくて愛よ」

母が慈愛に満ちた表情で微笑《ほほえ》み、草太は再び混乱して眉根を寄せた。一瞬分かりかけたと思ったのに、また違うワードが出てきた。愛……。愛とは……？

「どう違うの？　わっかんね」

草太がパフェを食べ終えて聞くと、母が少し悲しそうな目になった。

「草太もいつか分かるわ。まだ子どもだから、分からなくていいのよ。でも……そうね、あなたは身体だけは大人になってしまったから、誰かと深い仲になる前によく考えてね？　たとえ好きでも、相手の合意のないまま先走っては駄目よ？　特にあなたはふつうじゃないのだから、避妊はしっかりしてね」

小声でこんこんと言い含められ、草太は神妙な顔で聞いた。那都巳の手で何度も射精してしまったのだが、いいのだろうか？　おそらく母が言っているのは、保健体育で習った子どもができる行為という意味だろう。那都巳は男だし、那都巳の中に出してないからできるはずはない。

「ごめんなさいね。私は納得してあなたを産もうと決めたけど、あなたにはつらい道を歩かせているわね。お母さん、あなたが選んだ人ならどんな人でも受け入れるから」

母が涙ぐみ始めて、とてもじゃないが那都巳とのことは言い出せなくなってしまった。

(何か……ちょっとおぼろげに分かってきたような)

母に屋敷まで送ってもらい別れた後、草太は部屋に戻って洋服のタグを外しながら考え込んだ。

(要するに、えっちなことは恋人としかやらないことなんだな？　俺と那都巳がしてることって、いいのかな？　俺、わりと那都巳のこと好きになってきたけど。でも那都巳は俺の前で射精してくんないよな……？　つまり恋人じゃないから……？)

あれこれ考えているうちに、比丘尼《びくに》の白い顔がふっと浮かんだ。

（待てよ、那都巳の好きな奴って、比丘尼だよな……？　だとすると、那都巳が射精するのは比丘尼の前だけ……ってことに？）

どきりとして、草太は持っていた衣服を落とした。またももやした変な気持ちが胸に湧いてきた。比丘尼を見つめる那都巳の熱っぽい眼差《まなざ》しを思い出し、どうにもいたたまれず、部屋から飛び出す。

（直接、那都巳に聞こう！）

考えるより行動するほうが早いとばかりに、草太は那都巳の姿を捜した。居間や寝室、廊下や浴室も駆け回ったがどこにもいない。今日は休みなので、薫子《かおるこ》もいなくて、那都巳の行方を聞くこともできない。草太は玄関に立って、ふうと深呼吸した。那都巳の匂《にお》いを追跡しよう。

（あ、庭にいる）

外から那都巳の匂いがして、草太は靴を履いて玄関を出た。匂いを辿《たど》って庭を歩いていると、蔵のほうから強く匂いを感じる。

（ここ……）

以前あかねに絶対近づくなと釘を刺された場所だ。大きな蔵にはいつも錠前と鎖がかけられているのだが、何故か今日は鎖も錠前も外れている。

「那都巳ー。いるのか？」

声をかけながら重い扉を押し開けると、中から禍々《まがまが》しい気が漏れ出てきた。瘴気《しょうき》を嗅ぎ取り、草太はぎょっとして奥に目を向けた。

奥の暗がりから呻《うめ》き声と異質な生き物の気配が感じられる。目を凝らしたとたん、檻《おり》の中に閉じ込められている鬼の姿が見えた。禍々しく生えた角に、がりがりの胸部、膨らんだ腹、ボロボロの布をまとった鬼だ。鬼は首と手首、足首に枷《かせ》を嵌《は》められていた。

『助けてくれぇ……助けてくれぇ……同じ鬼だろう？　俺をここから出してくれぇ……』

地を這《は》うような恐ろしい声がして、草太はびくっと震えた。鬼を閉じ込めている⁉

「――草太」

檻の中の鬼に釘づけになっていると、蔵の脇から作務衣《さむえ》姿の那都巳が現れて、扉の前に立つ草太を外に押しやった。目の前で扉が閉められ、錠が下ろされる。振り返った那都巳はひどく冷たい表情をしていて、草太は顔面蒼白《そうはく》になった。

「ここに近づいてはいけないよ。分かった？」

那都巳の瞳に射すくめられ、草太はぱくぱくと口を動かした。

「あ、あれ……何？　鬼……だよね」

自分と同じ鬼が鎖で繋がれている姿は衝撃だった。草太が怯《おび》えて身を引くと、那都巳が、ふーっと息を吐き出す。

「調整中の鬼。式神にするつもりで調教している」

素っ気ない声で言われ、草太はどっと脂汗が出た。今まで自分に優しくしてくれているから忘れていた。この男は陰陽師《おんみょうじ》で、簡単に鬼を調伏《ちょうぶく》できる。

「で、でも俺はあんなふうにされないじゃん……?」

不安に心が支配されて、草太は青ざめて尋ねた。縛られたことさえない。物の怪が好きだと言っていた。那都巳は——別の顔を持っている?

「君は式神になるのを受け入れただろう。あれは抵抗してるから、言うことを聞かせている。草太、俺はね——」

すっと那都巳の手が伸びてきて、草太に触れようとした。だが反射的にその手を振り払い、那都巳から飛びのいてしまった。那都巳が軽くショックを受けた顔になり、草太も自分の行動に息を呑んだ。だが——今は那都巳が恐ろしくなっていた。あんな非道な真似をしているなんて。同じ鬼を——自分と同じ存在を。

「俺……、俺……」

怖いという気持ちが猛烈に高まり、草太は気づいたら屋敷を飛び出していた。塀を飛び越え、他人の家のガレージに飛び乗り、屋根伝いに全力で走り出す。那都巳の声が聞こえた気がしたが、頭が真っ白になってすごい勢いで那都巳から逃げた。

夜の闇が辺りを包み始める中、草太は無我夢中で走り続けていた。

どこへ行こうという当てはなかったが、気づいたら数時間かけて埼玉《さいたま》の奥地に辿り着いていた。自分の足が勝手に櫂の屋敷を目指していたと悟った時は、少し笑ってしまった。自分が助けを求めるのはあそこなのだと自覚したせいだ。

数カ月ぶりに訪れる櫂の屋敷は、相変わらず寂れていて、周囲は山と林しかない。かなりの距離を走ったので、腹は減ったしすごく疲れた。これで櫂がいなかったらどうしようと思いつつチャイムを鳴らすと、すぐに足音が聞こえてきた。

「草太か！」

まるで来るのが分かっていたみたいに、玄関から櫂が飛び出してくる。二十代後半くらいの作務衣を着た中性的な整った顔立ちの男で、少し前まで草太の保護者だった。肩までかかる黒く長い髪を後ろで縛り、心配そうに草太を見つめている。

「先生……」

草太は櫂の顔を見てホッとしてしまい、情けない顔で笑った。すると廊下の奥からのっそりと大柄な男が現れる。

「逃げ戻って来たとは情けない」

赤く長い髪をした男は羅刹《らせつ》と呼ばれている。凜々《りり》しい顔立ちをした、屈強な身体の持ち主で、草太にとって初めて会った鬼だ。草太よりずっと大きく、力も強い。今日は黒っぽい着物を着ていて、眠そうにあくびをする。

「お前、那都巳の家から走ってきたのか？　とりあえず入れ」

　櫂は草太の肩に手を置き、家の中へ招く。素直に中に足を踏み入れた草太は、居間に入ったとたん、母の姿を見つけてびっくりした。

「かーちゃんが何でいるの⁉」

　かっぽう着を着た母が、居間の入り口に立っている。草太が素っ頓狂《すっとんきょう》な声をあげると、申し訳なさそうに櫂が頭を掻いた。

「すまん、それは式神だ。家事を担う担当がいなくてな、雪さんの姿を借りて作った。ほら、さすがに伊織《いおり》の式神はまずいだろ。雪さんには内緒にしてくれな」

　櫂に説明され、草太は呆れ返って顔を顰《しか》めた。目の前にいるのは母そっくりだが、櫂が術で作った式神という存在だ。櫂は式神に身の回りの世話をさせている。同じ陰陽師である那都巳の家にはちゃんと家政婦も弟子もいるのに、どうしてこんなに違うのだろう？

「かーちゃんを勝手に使うなよなー」

　草太がぷりぷり怒りながら座布団に腰を下ろすと、櫂が面目ないと苦笑した。居間の大きなテーブルには草太が来ると知っていたみたいに三人分の夕食の支度がしてあった。焼肉にハンバーグに山盛りのから揚げ。羅刹は日本酒の瓶を抱えながら、草太の隣に腰を下ろす。

「お前も大人になったのだから、飲むか？」

一升瓶を差し出され、草太は飲んだことはないが飲んでみると頷《うなず》いた。羅刹がグラスに酒を注ぐ。おそるおそる口をつけると、ジュースみたいに美味しかった。

「お酒って美味しいじゃん」

草太が調子に乗ってごくごく飲むと、羅刹もにやりと笑い、注ぎ足してくれる。

「ちょっと那都巳に連絡を入れるぞ。あいつから、そっちに草太が行くと思うって電話があったんだ。まずいもん見られたって」

草太の向かいに座った櫂が、スマホを取り出して言う。那都巳には草太の行く先がお見通しだったのかと少し腹が立った。櫂は那都巳と電話のやりとりをして「今夜は泊める」と伝えている。

「今夜しかいちゃいけないの？」

草太がしょんぼりして聞くと、電話を切った櫂がため息をこぼした。

「あのな、お前はあいつの式神になったんだぞ。強制的に引き戻すのも簡単なんだ。明日は大人しくあいつのとこに戻れ」

咎《とが》めるような口調で言われ、草太は呆然《ぼうぜん》とした。那都巳には自分を強制的に引き戻すことができるのか。

「何、ショック受けてんだ。だから最初に言っただろ？　那都巳の命令に逆らえなくなるって。あいつには奴隷扱いするなってしつこく念押ししたけど……もしかして、あっちの家で虐《いじ》められてんのか？」

暗い顔つきの草太を見やり、櫂が心配そうに尋ねてくる。草太はお酒の入ったグラスを置き、考え込んで顔を上げた。

「ううん。待遇いいよ。ご飯いっぱい食わせてくれるし、ばあちゃんも季長《すえなが》さんも優しいし、給料は出るし、外で飯もおごってくれるし、高いスーツも買ってくれた」

あっさりと草太が言うと、櫂の顔が引《ひ》き攣《つ》る。

「きゅ、給料が出るのか……⁉　式神に‼」

雷に打たれたように櫂が叫び、草太はつい笑い出した。

「そーなんだよ。俺、すごい金額もらっちゃってすぐゲーム買いに行こうとしたら、かーちゃんが無駄遣いするからしばらくお金の管理は私がするって言って、お小遣い制になっちゃったの」

「吾《われ》には給料など出ぬぞ？」

羅刹が聞き耳を立て、厳めしい顔つきになる。

「ふつうは出ないもんなの！　那都巳だって他の式神には給料は出してない……はず。そもそも物の怪に金なんか意味ないし。別の対価を与えていると思う……」

櫂は頭を抱えて、呻いている。

「那都巳がまずいもん見られたって言っていたけど……何があったんだ？」

気を取り直したように聞かれ、草太は思い出して肩を落とした。

「鎖で繋がれている鬼がいた……。俺びっくりしちゃって、那都巳が怖くなって逃げ出しちゃった」

か細い声で草太が言うと、羅刹が鼻で笑う。

「何だ、それしきのことで。そもそも奴は陰陽師だし、鬼を捕まえて殺すか使役するかの二択だろうが。もっとすごいことをされたのかと期待したのに、つまらぬガキだな」

羅刹は草太の前に置かれたグラスに酒を注ぎ込み、馬鹿にしたように笑う。そんな言われ方をするとは思っていなかったので、草太はムッとしてグラスを呷《あお》った。見た目は水みたいなのに、咽《のど》を通るとカーッと身体が熱くなる不思議な飲み物だ。

「だってびっくりするだろ！　俺、あんな扱い受けたことねーし‼」

草太が怒鳴り返すと、羅刹は余計に蔑《さげす》んだ顔で笑う。

「それはお前が鎖で縛らずとも、簡単に倒せる小物だからだ。侮られているのが分からぬのか？」

「うっさいなぁ！　俺、役に立ってんだぞ‼」

羅刹と言い合いになって額を突き合わせていると、櫂がご飯を持ってきて、草太に手渡す。

「草太。本来、鬼というのは暴れて悪さをするものだ。俺たち陰陽師は、それを諫《いさ》めるためには術で鬼を縛りつけなければならない。同じ鬼が奴隷のように縛られているのを見て不快になったかもしれないが、それは仕方のない処置なんだ」

　櫂に懇々と言い含められる。草太は箸《はし》を握って、ご飯をかっ込んだ。二人と話しているうちに先ほどの光景に対する衝撃は緩和されてきた。櫂が言うなら、そうなのだろう。今まで知らなかったのは、那都巳が草太の目に触れさせないようにしていたのかもしれない。

「那都巳の家ではどんな感じなんだ？」

　ハンバーグを割って口に運ぶ草太を温かい目で見守りつつ、櫂が尋ねる。

「家のことやったりー、物の怪を倒したりー。あっ、そうだ。先生に相談したいことがあったんだ」

　腹が満ちてくると気持ちも次第に落ち着いてきて、草太は酒を飲みながら目を見開いた。初めて飲んだが、酒は美味い。どんどん飲めるし、飲めば飲むほど食も進む。

「俺に相談か……何だ？」

　今夜は珍しく櫂も日本酒を口にしている。ほんのり染まった頬が赤くて綺麗だと思う。

「那都巳が射精するとこ、見せてくれねーんだよ」

　焼き肉を頬張りながら言うと、櫂が飲んでいた酒を噴き出した。飛沫《しぶき》が草太の顔に飛んできて、「汚ねーな」と急いで拭《ぬぐ》った。

「なっ、なっ、な、何を言ってるんだ‼　お前ら、どうなってんだ‼」

　ひっくり返った声で叫ばれ、草太は目を丸くした。櫂がこんなふうに動揺するなんて、口に

してはいけないことだったのだろうか？

「どうしたら見せてくれるか知りたいんだけど。やっぱ那都巳の好きなのは八百比丘尼だから、俺の前じゃできないってことなのかな？」

草太が首をかしげると、櫂が両手で顔を覆って、腰を浮かす。

「待て待て待て。ちょっと落ち着こう。どうしてそんな話になった？　まさかと思うけど……お前らセックスしたのか？　お前、那都巳を押し倒したのか？」

指の隙間から草太を凝視し、櫂が震える声で聞く。羅刹も興味が湧いたように身を乗り出してくる。

「セックスって、あれだろ？　女の子の穴にちんこを入れんだろ？　那都巳は男じゃん。無理だろ」

草太がいぶかしげに聞き返すと、ホッとしたような顔になり、櫂が深い息を吐き出す。

「あ、あ、そっか。勘違いでよかったぁ……」

「でも先生と羅刹がしてるのもセックスだよな？　実は先生、女なの？」

草太が長年の疑問を払拭《ふっしょく》すべく尋ねると、櫂が真っ赤になり、羅刹がからからと笑いだした。

「馬鹿か。男でも穴はあるだろうが。こやつの尻の具合はよくて、突くとひぃひぃ言って悦ぶぞ？」

あっさりと羅刹が言い、草太は驚きのあまり固まって、持っていた箸を落とした。

「え、えええーっ、尻の穴にちんこ入れんの⁉　マジで⁉」

その発想はなかったと、草太は目からうろこが落ちた。保健体育でそんなものは習っていない。

「羅刹……後で覚えていろよ。草太、頼むから純真な頃のお前に戻ってくれ。男同士のセックスのやり方とか習わなくていい！　第一、あの那都巳がお前にやらせるわけないだろ？　まぁ、男もいけると言っていたが……」

もごもごと口ごもり、耀が視線を泳がせる。

「お前、もう精通してんだから、誰かと関係を持つ前には十分悩めよ？　特に鬼はさ……二度目が長すぎるから、ふつうの女の子だったら拒絶される可能性、大だぞ」

潜めた声で言われ、草太は首をひねった。

「二度目が長いって何？」

「だからさ……ほら、羅刹」

耀は言いづらそうに羅刹に顎《あご》をしゃくる。酒を飲んで上機嫌だった羅刹は、ほろ酔い気分であれこれと話し始める。

「鬼はな、一度目は早いが、二度目の射精は時間がかかるものよ。その気になれば、二、三時間は持たせられるぞ。相手を喜ばすためにな。吾の一物は大きすぎて、鬼に戻ってヤると、こやつはよく好すぎて失神するぞ」

草太は呆気《あっけ》に取られて口をあんぐり開けた。二度目が長い……？

「え、俺そんな持たない……。気持ちよくてすぐ出ちゃうけど」

草太の告白に櫂が口元を手で覆う。

「そ、そうなのか⁉　いや、別にいいと思うぞ。お前は半妖だしな」

生暖かい目で見つめられ、草太は口を尖《とが》らせた。羅刹が馬鹿にしたような目でニヤニヤして見ている。

「お前、雌だったのか」

「俺、ちゃんとついてるし！」

草太が怒鳴り返すと、羅刹は一升瓶に直接口をつけながら、笑い飛ばす。

「羅刹、あまり草太をからかうんじゃない。それで話を戻すが、何で那都巳の……その、イってるところを見たいと思うんだ？　お前まさか……那都巳に惚《ほ》れたとか言い出さないだろうな？」

櫂がおそるおそるといった態度で聞いてくる。どうしてだろうと草太も考え込んだ。気持ちよくしてくれるお礼をしたいという気持ちもあるが、純粋に那都巳の射精しているところを見たいという欲求もある。櫂は草太が那都巳に惚れたのではないかと案じているが――。

（俺、那都巳のこと好きなのかな）

そう考えてみると、何となく腑《ふ》に落ちるような感覚がある。那都巳に触れられるのは気持ちいいし、一緒にいるのも心地いい。

「なぁ、先生はどうしてこいつとセックスするって決めたんだ？　他の奴と何が違うの？　世の中の奴らって、どうやって相手を決めてんの？　好きな奴ならいっぱいいるじゃん？　何が違うの？」

草太が知りたいのは結局、そこだ。草太は那都巳を好きだと思うが、恋愛としての好きなのかと聞かれると、まだ経験値の低い草太には断言できない。結婚という制度は知っている。恋人の次になるものが結婚らしいが、どうしてその人を選んだのか、具体的な理由が知りたい。

「お前もそんなことを聞くようになったんだなぁ」

何故か櫂は嬉しそうに微笑んでいる。

「まぁ人それぞれだからな……。言いたいことは分かるぞ。一般的に使う好きと、彼氏にしたい好きの違いってことだろ？　俺の場合はアレが上手くて、イケメンで、頼りがいのある相手だとときめくな」

ぺらぺらとしゃべった後、櫂がハッとして顔を強張《こわば》らせる。草太は不可解な顔つきになった。

「アレが上手いって何……？」

「すまん！　今のはナシ！　つい本音が……っ。違う、違う、特別な相手っていうのはな、いつも一緒にいたいと思ったり、離れていると寂しくなったり……、四六時中考えてしまう、そんな感じだよ！」

　櫂が真っ赤になって断言する。羅刹がニヤニヤして櫂を眺めているのが気にかかる。

「いつも一緒にいたい……？　うーん、いつもかぁ……。かーちゃんも先生も好きだけど、いつも一緒じゃなくても別にいいかな」

　草太が腕を組んで眉根を寄せると、櫂がそうそうと頷く。

「そうだろ？　特別に好きになると、そういう気持ちになるんだって」

　草太はぴんときて、手を打った。

「あ、でも俺、那都巳のことはわりとしょっちゅう考えてるぞ！」

　毎晩夜になると那都巳に触ってほしくなるので、最近一番考えているのは那都巳のことかもしれない。草太が目を輝かせて言うと、逆に櫂が絶望的な表情になった。

「お前、悪いことは言わない。あいつはやめておけ。お前が敵《かな》う相手じゃないだろ？　それにあいつ、ずっと前に週刊誌に芸能人とお泊まり愛とかすっぱ抜かれていたぞ。今のところいい待遇だからって油断しちゃ駄目だ。大体、お前鬼なんだから、あいつのこと怖くないわけ？　最初に会った時、怖がってたじゃないか」

　真剣な様子で櫂に説得され、そういえばと草太は箸を置いた。確かに最初は那都巳が怖かった。那都巳が強い陰陽師だというのが目を見交わした時に分かったからだ。こいつはすぐ自分を殺せる。そんな直感があって、つい身構えた。

だが今は——それほど怖さは感じない。鎖で縛られた鬼を見た際に、その怖さを思い出したくらいだ。一緒に出かけたり、同じ家で暮らしたりしていた時、那都巳は優しくしてくれた。気のせいではなく、気に入られていたような気がする。

（先生を助けてくれたからかな？）

八百比丘尼《やおびくに》の事件で出遭った伊織という強い鬼と闘っていた際、草太は役に立たない自分が嫌だった。同じ鬼の羅刹ほど強くないし、坊主たちみたいに経を唱えて敵を退けることもできない。いてもいなくても構わない存在。そんな自分が嫌で、耀を救うために思いついたのが、那都巳に助けを求めること。実際、那都巳が来なかったら、耀は人ではなくなったと後から言われた。

対価として式神になってもいいというくらい、草太はあの時、那都巳に感謝していた。

「草太、そもそもお前は半妖だから、人と恋愛関係を結ぶのは大変だぞ。那都巳の式神として生きるなら鬼として生きることになるだろう？　お前には人の部分もあるんだから、人間として暮らしていったっていいんだぞ？　正体を隠したまま生きることにはなるが……。お前、那都巳の式神のままでいいのか？　嫌なら、どんな手を使ってもあいつを説得して解放させるぞ？」

耀は心底心配しているようで、テーブルを回り込んで、草太の肩に手を置いた。那都巳の式神になることが、鬼として生きることになるなんて思わなかった。草太としては人の世界で生きていくつもりだったのに、思い違いだったというのか。

「で、でも俺、那都巳の役に立ってるし……っ。人と関わって生きるのを選んだつもりだったんだけど……。正体を隠して生きるって、力を使っちゃいけないってことだろ？　そんなの、俺は……嫌かも」

口を尖らせて草太は言い募った。

「式神なんて嫌じゃないのか……？　あいつの命令に絶対なんだぞ？」

不安そうな櫂にどう言おうかと考え、草太は羅刹をちらりと見やった。羅刹は櫂の式神ではないのだろうか？　羅刹も嫌なのか。羅刹はハンバーグを咀嚼《そしゃく》し、不敵に笑う。

「吾は好き勝手に生きている。術で縛られてここにいるわけではない」

残りのハンバーグを全部平らげて、羅刹が言う。

那都巳の命令は絶対——櫂はそう言うが、今まで那都巳に無理に命令を聞かされたことはない。物の怪も食べたくないと言ったら、許してくれた。けれどいつか、草太が嫌がる命令にも無理やり従わせられるのだろうか？

「……ちょっと考える」

すぐには答えを出せそうになかったので、草太はそう言ってうつむいた。

その夜は櫂の屋敷に泊まり、寝つけない夜を過ごした。借りた浴衣を着て、枕を抱えながらごろごろと寝返りを打つ。以前草太が使っていた部屋はそのままにしてあって、見慣れた机や暴れて開けた壁の穴もそのままだ。

那都巳について考えていた。草太は那都巳のことをあまり知らない。知っていることも多いが、知り合ってそれほどの年月を重ねたわけではない。

とらえどころのない人間、というのは草太にも分かっていた。鬼を鎖で縛るような冷酷な面や、あかねたち弟子に対する突き放したともとれる態度も見てきた。草太には今のところ好意的で、触れられるとすごく気持ちいいし、一緒にいれば物の怪と闘えるし、面白いことが多い。比丘尼のような恐ろしい化生《けしょう》に執着している変な人物で、友達はいらないという情の薄い面もある。

(あいつ、変わってるよな)

つらつらと考え続けているうちに、一つ気づいたことがある。

那都巳が強い陰陽師だということが、草太にとっては嬉しいということだ。小学校に通っていた時、草太は常に全力を出さないようにして過ごしていた。本気で力を振るえば、クラスメイトの全員、簡単に殺せることが分かっていたからだ。だから極力気を遣って、周囲のものを壊さないように振る舞った。

草太は櫂や羅刹と暮らすのは好きだった。櫂は自分を戒める力を持っていたし、羅刹とは本気で闘っても敵わないことが嬉しかったのだ。

同様に、那都巳といるのも草太は楽だった。那都巳は櫂より強く、安心して傍にいられる。自分を偽らないでいいのは、草太にとって喜びだった。

(そうだな、俺、あいつ好きだな)

びっくりして飛び出したのを申し訳ないと思い、草太はごろりと布団の上で寝返りを打った。他の人が鬼を苦しめていても、きっとあそこまで驚かなかった。那都巳だからこそ、気が動転して逃げてしまったのだ。冷静に考えれば、那都巳は最初からそういう男だった。鬼を使役していたし、敵対するものには冷酷にばっさり斬りつける性格だ。

むしろ、一緒に暮らし始めてからの那都巳のほうが違って見える。以前はここまで草太に優しくなかった。

(俺が式神になってもいいって言ってから……?)

那都巳が草太に対して態度を変えたのは、あの日からだ。那都巳は自分の懐に入ったものには、情をかけるのかもしれない。

(鬼として生きるか、人として生きるか……、か)

櫂の台詞《せりふ》が頭に蘇《よみがえ》り、草太は腕で目元を覆った。無意識のうちに櫂の家を目指していたが、だいぶ心のもやもやが晴れてきた。同時に櫂から聞いたあれこれが頭を過《よ》ぎり、頭が冴《さ》えてきた。

（それにしても、ちんこを尻の穴に入れるなんて……知らなかったなー）

あの口ぶりでは櫂の尻に羅刹のでかいものを入れているということだろう。想像してみて、少し興奮してきた。櫂はいつも気持ちよさそうな声を上げていた。そんなにいいのだろうか？

（待てよ。俺もお尻弄《いじ》られて、すっごい気持ちよかったもんなぁ。俺も那都巳に入れてもらおうかな？）

那都巳の性器を受け入れる自分を想像して、顔がぼっと火を噴く。

（うわぁあああ、何これ。無性に恥ずかしい）

急いで首を振って妄想を追いやる。今までは特に何も思わなかったのに、何故か那都巳との情事を想像すると、恥ずかしくてたまらなくなった。腰に熱が灯って、ますます寝つけない。仕方なくスマホを取り出して数学ドリルを計算していると、ようやっと熱が引いていった。

もう寝ようと硬く目を閉じ、草太は眠りについた。

櫂の屋敷の周囲は民家がないから、夜になると木々のざわめきくらいしか聞こえない。ぐっすり寝入ってしまい、日が高く上るまで目覚めなかった。

ふと那都巳の匂いがして、草太は目を開けた。

寝ぼけ眼で部屋を出ると、すでに屋敷の中は明るく、朝が来ていた。大きくあくびをして、頰を叩いて覚醒《かくせい》する。那都巳の匂いを辿って居間に顔を出すと、テーブルの手前に那都巳が座っていた。耀と羅刹もすでに着替えて座っている。テーブルの上には湯気を立てた朝食の用意がしてあって、草太は瞬きをした。

「おはよう。迎えに来たよ」

那都巳はスーツ姿で、きちんと髪を整えている。微笑みながら言われ、草太は慌てて乱れた浴衣を直した。――不思議だ。那都巳が迎えに来てくれたのが、嬉しい。

「ん……」

嬉しかったはずなのに、何故かしゃべろうとすると頰が赤くなり、言葉が咽の辺りで突っかかって出てこなかった。しかも那都巳の顔を見られない。ちらちら盗み見るのが精一杯で、向き直ろうとすると心臓が痛くなる。

(俺、病気か⁉)

異様にドキドキする心臓に困惑しつつ、なるべく那都巳を見ないようにして、朝食を胃にかっ込んだ。

「ちょっと、二人で話していい?」

草太が朝食を食べ終わると、那都巳が腰を浮かして、耀を窺う。耀が頷き、那都巳は草太の手を引き廊下に出る。握られた手が、妙に熱く感じる。

「あっちで話そう」

那都巳が廊下を進み、空いている部屋の縁側に草太を連れ込んだ。草太は緊張して、黙って那都巳の隣に腰を下ろした。やはり那都巳のほうを向けない。変な術でもかけられたのだろうか？　櫂の屋敷の庭は荒れ放題で、雑草もすごい。那都巳のところとは大違いだ。

「――君には見せないつもりだったんだけど、俺は物の怪を式神にする時、乱暴な手も使う」

朝露に光る葉を見ていると、那都巳がさりげない調子で切り出してきた。

「うん……」

草太はうつむいて、小声で答えた。

「怖がらせたらごめんね。君を鎖で縛る真似はしないと思うよ。雪さんに怒られるしね」

那都巳は草太の顔を覗き込むようにして、話しかけてくる。草太はちらりと那都巳を見やり、またうつむいた。頬が熱い。

「かーちゃんが怒らなかったら、……するの？」

つい口からそんな言葉が出ると、那都巳は肩をすくめた。

「君が暴れたらするかもね。何が起こるか分からないし、絶対とは言わない」

あっさりと言われ、草太は複雑な気分になった。すると那都巳が草太の頬を撫《な》で、寝ぐせのついた髪を指先で弄《もてあそ》ぶ。どきりとして肩がびくついた。そんな草太の反応に、那都巳は驚いたようだが、髪から手は離れなかった。

「……君は俺の式神だから、君を屋敷から逃げ出さないようにするのも、すぐに戻ってこさせるのも簡単だった」

草太は息を止めて、那都巳の長い指を目で追った。

「でもこうやって車で君を迎えに来た。これは俺なりの誠意。俺のところに帰ってくる？」

那都巳の手が降りてきて、草太の手を握る。触れられた箇所からじわーっと熱くなり、何だか変な気分になってきた。那都巳の傍にいると、気持ちが落ち着かない。那都巳の薄い唇が気になる。触れてみたい。

「……ちょっとびっくりしただけだし」

草太は那都巳から目を逸《そ》らし、わざとふてくされた声を出した。

「すぐ帰るつもりだったし……」

素直に言えなくて、草太はぶっきらぼうに言った。那都巳は小さく笑って、草太の頭をぐしゃりと掻き乱す。

「それならよかった」

立ち上がろうとする那都巳の腕を、草太は慌てて摑《つか》んだ。まだ話がしたかった。那都巳が驚いたように座り直し、「何？」と見つめてくる。

「あのさぁ、那都巳って俺のことどう思ってんの？　俺のこと好き？」

昨夜眠れずに考えていたことが頭を駆け巡り、草太は思わず問いかけた。那都巳は何故そんなことを聞くのか分からないと言いたげな表情だ。

「ほら……前に、俺がちんこ舐《な》めようとしたら、拒絶されたじゃん？　あれってさぁ、比丘尼が相手ならいいの？　セックスになったらまずいって言ったのは、俺とはできないって意味？　昨日羅刹から男同士のやりかた教わった。俺もしてみたいんだけど」

考えてしゃべろうと思ったのに、いつもの癖で思ったことを全部口にしていた。那都巳がかすかに困惑したそぶりで草太を凝視する。

「……うーん」

気楽にいいよと言ってくれるのを期待したが、那都巳はひどく困った様子で腕を組む。

「俺としたいってのは、気持ちいいからでしょ？」

苦笑しつつやんわり言われ、草太は混乱した。

「それってまずいの？」

気持ちいいことをしたくて何が悪いのだろう。草太は理解できずに、口を尖らせた。

「慣れてる子なら別にいいけど、君は違うだろう？　あと、俺は前にも言ったけど、君のことは気に入っているよ。物の怪好きな俺からしたら、可愛い半妖君だよ」

気に入っていると言いながら、セックスは駄目だと遠回しに言われた。草太は頭がこんがらがってきて、頭を掻きむしった。何だか嫌だ。とっても嫌な気持ちになってきた。

「比丘尼を好きだから？　比丘尼が特別な人って意味!?」

うーうー唸《うな》って、やけになって問うと、那都巳がきょとんとした。

「比丘尼と自分を比べてるの？　比丘尼は俺にとってライフワークだからなぁ……。彼女からお誘いがあったら……それは悩ましいね。死ぬ覚悟で抱いてみるのもアリかなぁ」

庭の池に目を向けながら、那都巳がしれっと答える。自分は駄目だけど、比丘尼とはするのか。草太はショックを受けて、顔を強張らせた。まさか断られるとは思っていなかった。無性に腹が立って、拳《こぶし》を握って立ち上がる。

「もういいよ！　俺やっぱ帰らない！」

イライラが収《おさ》まらず、そう怒鳴って那都巳から離れようとした。だが、数歩歩きだした時点で、足が何かにもつれて縁側に転がり込む。振り向くと、那都巳が印を組んでいた。

「それは駄目。家出は一日しか認められない」

那都巳にきっぱりと言われ、草太は悔しくて歯を食いしばった。足首に何かが絡みついて、なかなか立ち上がれない。そうこうするうちに那都巳が覆い被《かぶ》さってきて、怒っている草太を見下ろしてきた。

「困った半妖君だなぁ……。俺に手ぶらで帰れって言うの？」

草太の苛立《いらだ》ちが伝わったみたいに、那都巳の声も少し不機嫌になっている。間近に顔が迫って、つい睨《にら》み返す。

「ちょっと距離感、間違えたかな。君に対する好奇心を抑えられなかった俺が悪かった。草太、もう帰るよ」

頭の脇に両手で檻を作られ、那都巳が冷酷に言い切る。那都巳と視線が合ったとたん、那都巳に逆らう気持ちがしぼんできた。抗《あらが》う心はあるのに、一刻も早く那都巳の屋敷へ帰らなければという気持ちでいっぱいになる。変だ。自分の心が自分のものじゃないみたいだ。

「行くよ」

那都巳が起き上がり、草太の手を引っ張る。素直にそれに従い、草太は那都巳に引かれて歩き出した。

廊下に出ると、心配そうにうろうろしていた櫂がいた。那都巳と手を繋いでいる草太を見て、動揺したように固まる。

「それじゃ、もう帰るから。世話になったね」

那都巳は貼りつけたような笑みを浮かべ、草太を伴って玄関を出た。櫂は駐車場のところまでついてきて、不安そうに草太を見やる。

「おい、くれぐれも草太に変なことをさせるなよ？　こいつはまだ子どもなんだ。あとな、こいつお前のこと……その、もしかして……いや、信じたくない……」

後半はぶつぶつ呟《つぶや》くような言い方になり、助手席に草太を押し込んだ那都巳が怪訝《けげん》そうに見返す。

「そういえば君、一二三《ひふみ》さんとこの仕事辞めたんだね？　お得意様だと思ってたけど」

運転席のドアを開け、那都巳が聞く。

「ん？　ああ、もうそれほど金は必要じゃなくなったから……。あのじいさん、嫌いなんだよ。気色悪い」

何か思い出したのか、櫂の顔が苦虫を嚙《か》みつぶしたようなものに変わる。

「ふーん。おかげでうちに仕事が回ってきてるよ。あの人、庭に変なの飼ってるから、そのうち身を滅ぼすかもね」

運転席に乗り込んだ那都巳は、シートベルトを締めてエンジンをかける。草太は両手をぐーぱーしてちらりと櫂を見上げた。手足は動くし、しゃべることもできるのに、心に枷が嵌められたみたいに、那都巳の屋敷に戻りたくてたまらなくなっている。

(何これ？　やっぱり、もう帰らないって思ったのに！)

何か変だと櫂に訴えたかったが、それより早く那都巳が車を発進させてしまった。手を振って見送る櫂が遠くなっていく。

「何か変……、那都巳、俺に何した？」

助手席で不安に駆られ、草太は弱々しい声を上げた。蛇行する山道を車で下りながら、那都巳は素っ気ない声で「家に帰りたくなる術をかけた」と明かす。やっぱりそうだ。自分じゃない別の感情が心に入ってきている。

「予防策だよ。あのままだと君、俺以外の誰かとヤるとか言い出しそうだったし。そもそも怯えて逃げたと思ったのに君の思考回路、よく分かんない」

ため息混じりに那都巳が言う。

「櫂のところにこれ以上置くと、まずいでしょ。まぁ、櫂はネコみたいだけど……、あそこには鬼君がいるから、うっかり君に手を出されたら困る」

那都巳はハンドルを回し、淡々とした口調で述べる。ネコの意味が分からなかったが、要するに草太が櫂や羅刹と身体の関係を持つのではないかと疑っているのだ。櫂はともかく、羅刹が自分に手を出すことはありえない。むしろ嫌われていると思う。

(那都巳以外の誰か……？)

そこまでの考えには至っていなかった草太は、内心びっくりして無言になった。那都巳以外は考えたことがなかった。たとえば他の人に性器を触られたり、身体の奥を探られたりする——草太は頭が真っ白になって、固まった。想像できない。那都巳とはあれこれ想像してしまうのに、他の人では何となく嫌な気持ちになって思考が働かない。

(だって他の人じゃ、怖いじゃん)

周囲にいる人で想像してみても、やはり気持ちが減退する。那都巳は強くて陰陽師で、自分を封じ込める力を持っているから、どんなことをしても大丈夫だという安心感があるが、他の人ではそうはいかない。幼い頃、抱きしめた母が骨を折ってしまったように、何がきっかけで相手を壊してしまうか分からない。

(羅刹は平気だろうけど、あいつに触られたくないしなぁ)

羅刹とそういう行為をすると考えるだけで、ゾッとしてしまう。絶対無理だ。櫂とは……、櫂とは可能かもしれないが、櫂がそれを望まないだろうというのも分かっている。櫂は羅刹以外との身体の関係を持つのは嫌うだろう。櫂に嫌われるのは嫌だ。

(俺、那都巳とだけセックスしたいのか……？　これが好きってこと？)

おぼろげに自分の心の正体が見えてきて、草太はよりいっそうもやもやしてきた。

帰りの車の中、那都巳はほとんど話をしなかった。草太も深い思考の中に沈み、口を閉ざしていた。

■五章　比丘尼の結界

屋敷に戻って数日、草太《そうた》はずっと考え込んでいて元気がなかった。薫子《かおるこ》や季長《すえなが》が心配して何度も声をかけてきたが、何でもないと言っておいた。自分でも何を悩んでいるのかはっきりしなくて、那都巳《なつみ》を見ると胸がざわめいて、気軽に近づけなくなる。

一度だけ夜中に酒を持ってくるよう言われて、那都巳の寝室へ行ったが、「触ってほしい？」と聞かれ、いらないと強がって部屋に逃げ込んでしまった。

那都巳に触れてほしいという欲求はあるのに、何故かそれをしては駄目だという相反する思いがあった。触られて気持ちよくなっても、きっと虚《むな》しくなる。一方的な愛撫《あいぶ》は嫌だった。今は自分より、那都巳が気持ちよくなっている姿を見たかった。どうすればそれが見られるのか、今のところいい考えは浮かばなかった。

その一方で、気がかりな点もあった。

弟子のあかねの様子がますます悪いものになっていたのだ。あかねに取り憑《つ》いた悪霊は今や大きくなり、何を話しているか聞き取れるほどになっていた。半妖である草太は別に構わないが、笑梨《えり》と正二《せいじ》はあかねを不気味に思って避けるようになった。

「ねぇ、あかねさんのアレ、追い払おうよ」

ある日廊下の拭《ふ》き掃除をしていると、近くの部屋にいた笑梨と正二の会話が聞こえてきた。

「師匠はいっさい手を出さないみたいだしな……。俺たちでやるしかないか」

「お堂を借りて、明日やろう？　あの草太って子は、お堂には入れないみたいだし」

「そうだな。まったく師匠のもの好きには困るよ。あんな化け物を傍に置いて。時々ついていけないんだよな、あの人」

「師匠、何でもできるから、できない人の気持ちは分からないんだよね」

潜めいた声で話し込む正二と笑梨の会話に、草太はムッとして二人がいる辺りを睨みつけた。化け物と呼ばれたのも傷ついたが、それ以上に那都巳の弟子のくせに那都巳の悪口を言っているのが気に喰わなかった。

「安倍家の弟子ってことで箔《はく》がつくかと思って弟子入りしたけど、師匠変えるか、自立しようかな」

正二の薄笑いが聞こえてきて、草太は腹が立って文句を言いに行こうとした。意味は理解できなかったが、馬鹿にした雰囲気を感じ取ったのだ。すると目の前に突然狐《きつね》の面を被った緋《ひ》袴《ばかま》の女性が立ちふさがった。

『放っておけ』

脳に響く声に、草太は出鼻をくじかれて足踏みした。目の前の緋袴の女性は那都巳の式神だが、話しかけてきたのは初めてだ。

「何だよ……。那都巳の命令？」

草太は廊下にあぐらをかき、雑巾を床に叩《たた》きつける。

『那都巳様は物理的な攻撃以外は手出し無用とされている』

緋袴の女性は草太に近づき、じろじろと上から下まで眺めてきた。

「お前、狐の妖怪か？」

目の前に立った緋袴の女性をじっくり見返すと、草太にもそれが理解できた。同じ物の怪だからだろうか？　人と対峙《たいじ》するより、よほど相手の本質が分かる。

『ああ。半妖の子よ。那都巳様の寵愛《ちょうあい》を受けたいのなら、忠心を示すがいい。あの方は自分のものには寛容でお優しい』

狐の面の下で笑ったような気配が感じられ、草太は面食らって緋袴の女性を見上げた。出てきた時と同じ素早さで緋袴の女性が消える。

草太は仕方なく廊下の掃除を続け、昼の休憩で厨房《ちゅうぼう》に戻った。昼飯は鴨蕎麦《かもそば》と稲荷《いなり》寿司で、草太は出された大量の稲荷寿司を全部胃袋に収めた。

「食欲が戻って来たわね」

薫子は草太の食べっぷりを見て、嬉《うれ》しそうに笑う。薫子と季長は小食なので、草太がモリモり食べている姿を見るのが好きだそうだ。

「明日は若はメディア関係の仕事で留守にするそうだから、草太もお休みでいいって」

一日の仕事の終わりに、薫子からそう教えられた。休日になるのは嬉しいが、気がかりな点がある。正二と笑梨が話していたお祓《はら》いの件だ。

(那都巳が留守のうちにあかねの悪霊を追い払うの？　大丈夫なのか？)

正二と笑梨は二人でやるつもりのようだが、嫌な予感がする。気になって仕方なかったので、寝る前に那都巳に知らせておこうとした。すでに十時を回っていて、いつもの草太なら寝ている時間だ。那都巳を探して屋敷内をうろついていると、寝所から那都巳と那都巳以外の何かの気配がする。

(誰かいる？)

不審に思い那都巳の寝所の襖《ふすま》を薄く開けると、障子を開けて月を眺めながら酒を飲んでいる那都巳と、白い襦袢《じゅばん》姿でしなだれかかっている女性の姿が見えた。後ろ姿から、以前もすり寄っていた白蛇の物の怪だと分かった。

「何か用？」

那都巳は草太の気配に気づいて、軽くこちらを振り返ってくる。隠れていても無駄だと思い、草太は襖を開けた。白蛇の物の怪が振り返り、これ見よがしに那都巳の胸にすがりつく。ついしかめっ面になってしまうと、からかうように白蛇の物の怪が笑った。

「あのさ、正二と笑梨があかねの悪霊を追い払うって言ってたぞ。しかも明日やるって。那都巳がいないのに大丈夫なのか？」

くっついている二人が面白くなくて、草太はつっけんどんな口調で言った。那都巳は何故好きにさせているのだろう。物の怪なら何でもいいのだろうか？

「そう。別にいいんじゃない？　それくらい二人いればできるだろ」

那都巳はたいして気にした様子もなく、お猪口《ちょこ》を傾けている。

「冷たくない？　もし失敗したらどうするの？　あかねにくっついてるの、すげー気持ち悪いぞ？　なんかでかくなってるし」

もっと親身になって聞いてくれると思ったのに、那都巳はどうでもいいという感じだ。そもそも弟子に悪霊が憑いているのに何故祓わないのか不思議だった。那都巳は弟子に対して、冷たい気がする。

「あかね、那都巳のこと好きなんだぞ？　知ってるの？」

耐えかねて草太が言うと、那都巳が背中を向けてしまう。

「そういう感情は邪魔だよねぇ。陰陽師《おんみょうじ》になりたいのか、俺の恋人になりたいのかはっきりしない。彼女を弟子にしたのは失敗だったかも。あまりにしつこいから受け入れたけど」

那都巳は淡々と話している。聞いているうちに草太のほうが悲しくなってきて、視線が畳に落ちた。あかねはがんばっているように見えた。それを失敗なんて言ってほしくない。

「那都巳様、半妖の子が落ち込んでおりますよ」

おかしそうに笑いながら白蛇の物の怪が那都巳の耳朶《じだ》に囁《ささや》く。驚いたように那都巳が振り返り、草太を見つめてきた。

「何で草太が落ち込む？　君の話はしてないだろ？」

那都巳は理解できないと言いたげに、眉を顰《ひそ》める。自分でも何に落ち込んでいるか分からず、草太は襖に手をかけた。

「……話はそれだけ。もう行く」

これ以上那都巳と白蛇の物の怪がくっついているのを見たくなくて、草太は襖を閉めて自分の部屋に戻った。白蛇の物の怪の笑い声が廊下の辺りまで聞こえてくる。耳がいいのも考えものだ。

那都巳といると今まで感じたことのない感情が湧くのが不思議でならなかった。自分で自分の気持ちが分からない。那都巳の、あかねや正二や笑梨に対する突き放した態度が、あまり好きではなかった。最初にこの屋敷に来た時から、那都巳は彼らにはそういう態度だった気がする。

(同じ人間なのにな。那都巳って……人嫌いなのかな？)

浅く広くという交友関係が好きだと言っていた那都巳——。自分とは正反対だ。草太は自分を隠さないでいられるような深い関係のほうが好きだ。隠し事は苦手だし、嘘《うそ》も本当は吐きたくない。傍にいる人とは仲良くしたいし、困っている人は助けたい。

（明日……大丈夫かなぁ。俺がいると余計悪くなるだろうし、いっそ出かけようかな）

悶々《もんもん》としたまま夜は更けていった。どこからか鈴の音が聞こえた気がして、浅い眠りを貪《むさぼ》った。うつらうつらしていた時に、頬を撫《な》でる冷たい指の感覚がした。夢の中で比丘尼《びくに》が草太に覆い被さっていた。真っ赤な唇が草太に近づく。近寄るなと必死に念じているのに、比丘尼はうっとりした様子で草太の顔中を舐《な》めてくる。

鈴の音が続く。鈴の音がするたびに、力が抜けていく。

――ハッとして、草太は目覚めた。気づいたら目覚まし時計が鳴っていて、全身汗びっしょりだった。嫌な夢を見た気がする。深呼吸して、草太は膝《ひざ》を抱えた。


その日は午前中に那都巳が車で出かけ、草太は部屋でゲームをしていた。仕事場で話し合う声がずっとしていて、時々あかねの金切り声が響いてきた。どうやら悪霊が憑いているというのを認めたくないようだ。それでも先輩である正二と笑梨に説得されて、お堂のほうに移動するのが足音で分かった。

（ホントに平気かな？）

三人の動向が気になって、草太はスマホのゲームをやめて、足音を忍ばせてお堂に続く仕事場に入った。お堂の中にいる三人は、最初は静かだった。しばらくして、おりんの音と共に読《と》経《きょう》が聞こえてくる。

（お経って読む人で違うんだなー）

壁越しに聞き耳を立てていた草太は、床にあぐらをかいた。那都巳が朝の勤行《ごんぎょう》をしている時は、近くにいるのも恐ろしいくらい神気が高まって、草太はなるべく遠くに身を隠している。けれど正二や笑梨の読経はあまり怖くなく、近くにいても平気だ。何故こんなに違うのだろうと不思議だった。

「ううう……ううう……」

ぼーっとして経を聞いていた草太は、低い呻《うめ》き声がして、ぱっと立ち上がった。これはひょっとしてあかねの声だろうか？　苦しそうな声が扉越しに聞こえてくる。さすがにお堂を覗《のぞ》く勇気はなかった。お堂には怖い不動明王《ふどうみょうおう》がいる。草太が入ったら、一喝されるに決まっている。

草太は足音を立てずに仕事場から離れ、厨房に顔を見せた。薫子は昼ドラを見ていて、弟子の行動には興味がないようだ。

「ばぁちゃん、お弟子さんがお祓いやってるんだけど大丈夫かな？」

草太が声をかけると、薫子が煎餅《せんべい》を勧めてくる。

「あら、そうなの？　正二さんはもう三年くらい弟子入りしてるんだし、それくらいできるでしょ。一緒にテレビ見る？」

　薫子も那都巳と同じくあまり心配している様子はない。そんなものなのかと草太は椅子を引き寄せて、煎餅を摘まんだ。

　薫子の好きな昼ドラを眺め、草太はお祓いが早く終わらないかと願った。元の勝気なあかねに戻ってほしい。そんな思いで煎餅を咀嚼《そしゃく》していると、叫び声のようなものが聞こえてきて、びくっとした。

「どうしたの？」

　薫子には聞こえなかったみたいで、急に立ち上がった草太に驚いている。お堂から厨房まで距離があるので、薫子には聞こえないのだろう。草太は叫び声が止まないのが気になり、「ちょっと見てくる」と廊下に出た。

　お堂の近くまで行くと、あかねの怒鳴り声がしてくる。

「誰が離れてやるものか！　お前らごときに！」

　どきりとするような恐ろしい声であかねが喚《わめ》いている。何か物を叩きつけているのか、激しく床を打ち鳴らす音もする。読経はずっと続いていたが、明らかに正二の声が動揺している。経がつっかえつっかえになっているし、笑梨に至っては聞き取りづらいくらいだ。

（上手くいってないっぽいな……。でも俺にはどうすることもできねーし。物の怪だったら一発殴ってやるんだけど、悪霊じゃ何もできねー）

やきもきしながら廊下をうろつき、あかねの怒声がするたび、ひえっと飛び上がった。悪霊が憑くだけでこんなに変わってしまうなんて、憑依《ひょうい》とは恐ろしい。

「やめて、やめて、やめて‼」

ふいに笑梨の甲高い声がして、草太は硬直した。何かが動き回る気配と共に、笑梨の泣き声や正二の「やめろ！」という震え上がった声がする。お経を読む声は完全に止まってしまった。何があったか確かめたいが、草太が踏み入ると、悪霊は余計に活発化する。

（うおー。どうしよう！）

草太は部屋に戻って、スマホをとった。那都巳に助けを求めようとしたのだ。いくら何でもヤバい状態なら、那都巳だって助けに来るはずだ。そう思った矢先、玄関からチャイムが鳴る。

（あっ、那都巳帰ってきた？）

てっきり那都巳だと思い、草太はスマホを握ったまま玄関に急いだ。玄関の引き戸を開けた瞬間、花の匂いがする。――ハッとした時には遅かった。

目の前に、すらりとした肢体の尼僧が立っていた。口元に微笑《ほほえ》みを浮かべ、草太を見つめる。

「えっ⁉　比丘尼⁉　何でっ？」

予想外の人物が立っていて、草太はびっくりして素っ頓狂《すっとんきょう》な声を上げた。炎咒寺《えんじゅじ》にいた八百比丘尼《やおびくに》が、どういうわけか目の前にいた。うろたえている草太に、比丘尼がすっと近づいてくる。思わず後ろに下がると、比丘尼は平然とした様子で屋敷の中へ入ってきた。

「え、え……っ、入れちゃっていいの？　あの……っ」

しずしずと入ってきた比丘尼は、勝手に下駄を脱ぎ、廊下を足袋で歩き始めた。

「ま、待って！　那都巳に怒られるよ！」

何故比丘尼がここにいるのか理解できないが、那都巳の不在中に屋敷に入れるのはまずい気がする。草太が焦って比丘尼の腕を摑《つか》むと、動じた様子もなく比丘尼が振り返った。

「あなたをお助けするために参りました。母と思って下さい。私はじきに封じ込められる身。その前に我が子とも思えるあなたの心の憂いを晴らさねばと」

草太の頰に白い指を当て、比丘尼が慈愛に満ちた眼差《まなざ》しで言う。

「え、う、あ……？　でも俺は」

比丘尼の目があまりにも優しげで、草太は混乱して思考を停止した。すると間の悪いことに、お堂からあかねの奇声と、笑梨の泣き声が響く。比丘尼は声のするほうに顔を向け、何かを察してお堂に向かって足袋を滑らせた。

「え、ううう、ちょ、ま……っ、あのあっちに行くとまずい……」

草太はうろたえて手を大きく振った。比丘尼はどんどん廊下を進んでしまう。草太が止めようとした時には、勝手に仕事場に入り、奥の扉を開けてしまった。

「わぁ……っ‼」

草太は比丘尼の肩越しにお堂を覗き、声を上げた。お堂の祭壇の前で、笑梨に馬乗りになって髪を引っ張っているあかねがいた。悪鬼の形相というか、あかねとは思えない吊《つ》り上がった目に、険しい顔つきになっている。正二は経典を床に散らばせていて、あかねの凶行を止めようとしていた。三人とも、突然扉を開けて入ってきた比丘尼に動きを止める。

「まぁまぁ……、かような状況に居合わせるとは、これも御仏の計らいかもしれません」

比丘尼は明らかに修羅場状態の三人を見ても、いつものように泰然とした態度で近づいていく。

「あわわ……」

草太が扉のところで唖然《あぜん》としていると、比丘尼は懐から鈴を取り出し、りんと鳴らした。

「一切衆生悉有仏性《いっさいしゅじょうしつうぶっしょう》……」

比丘尼は厳かな声でそう唱え、鈴をりんりんと鳴らしていく。とたんに笑梨と正二の瞼《まぶた》が落ち、床に寝そべってしまう。笑梨の髪を摑んでいたあかねも同様に、強烈な眠気を感じたようで、摑んでいた髪を手放す。

「可哀そうな人……嫉妬《しっと》の炎があなたを苦しめている……さぁ、私の胸に抱かれなさい」

比丘尼は数珠《じゅず》をあかねの額に押し当て、鈴をりんりんと鳴らす。あかねの険しかった顔が和らぎ、比丘尼の胸に抱かれながら涙を流す。

「いとし子よ、あなたはあなたで良いのです。そう、追い詰められていたのですね。あなたにこれは必要ありませんよ。解き放ちましょう」

比丘尼はあかねの胸や肩、頭や額に数珠を押し当て、呪文《じゅもん》を唱えていく。するとあかねにくっついていた悪霊が苦しそうにのたうち回り、あかねから離れた。何か叫んでいるが、もうすでに聞こえない。悪霊はどんどん影を薄くし、天井の辺りに浮かび、すーっと消えた。

「え……？」

扉の前にいた草太は呆気《あっけ》に取られて、比丘尼を凝視した。あかねは比丘尼の胸に抱かれ、目を閉じて眠っているようだ。その顔つきは穏やかで、かすかな寝息が聞こえてくる。

「助けて……くれたの？」

草太は狐につままれた思いで、眠り込んだ三人を見下ろした。比丘尼は楚々《そそ》とした笑みを浮かべ、あかねを床に寝かせる。

「何で……？」

比丘尼が現れた時、草太はてっきりまた三人を苦しめるものだと思った。けれど実際は比丘尼のおかげで、悪霊が去った。

「私は御仏に仕える身。衆生を救うのに理由などいりません」

当たり前のように口にして、比丘尼が祭壇の奥の仏たちの真言を唱える。草太は呆然《ぼうぜん》としたまま、比丘尼がお堂から出てくるのを見ていた。礼を言うべきか考えていると、比丘尼が草太の手を取り、廊下を進んでいく。

「可愛い子。あなたの願いも叶《かな》えましょう」

比丘尼が長い廊下を奥へ向かうと、ふいに狐の面を被った緋袴の女性が現れる。手に薙刀《なぎなた》を持っていて、すらりと身構える。

『それ以上は主の許可なく、通せない』

狐面の女性は比丘尼の前に立ちふさがり、薙刀を突きつける。比丘尼は艶然《えんぜん》と微笑み、鈴を鳴らした。比丘尼の後ろにいる草太には何も起こらなかったが、狐面の女性はくらりとして足を崩した。

「私は安倍《あべ》の若君に相対する者ではありません。どうぞお眠りになって」

比丘尼は静かに鈴の音を鳴らしている。りんと鳴るたび、狐面の女性の身体がぐらつき、立っていられないというように床に倒れ込む。数度鳴らされただけで狐面の女性は眠りにつき、面がずれて狐の顔が見えた。

「な、何するの……!?　もしかして屋敷中のものを眠らせてるの……!?」

草太は動揺して甲高い声を上げた。比丘尼が何をしようとしているか読めなくて、恐ろしくなっていた。この様子では厨房の薫子も、庭の季長も眠らされているかもしれない。

「これは私の結界術です」

比丘尼は狐面の女性の横を通り過ぎ、にこりとして言った。比丘尼は勝手知ったる様子で那都巳の寝室の襖を開く。

「安倍の若君に連絡なさいませ」

比丘尼に促され、草太は面食らったまま握っていたスマホを操作した。那都巳に電話をかけると、すぐに出る。

『草太？』

スマホから那都巳の声がして、草太は思わず比丘尼を見つめた。比丘尼は草太の手から、すっとスマホを取り上げ、潜めた笑い声を立てた。

「安倍の若君、あなたの屋敷にお邪魔しております。すぐに戻ってこないと、可愛いあなたの半妖を取って食ってしまうかもしれません」

悪戯《いたずら》っぽい口調で比丘尼がしゃべったとたん、電話の向こうで那都巳が息を呑《の》むのが分かった。

『手出し無用と言ったはずだけど？　ああもう、今すぐ戻るから』

那都巳の苛立った声がして、比丘尼は満足げに微笑んだ。草太がしゃべる前にスマホは切られ、比丘尼が鈴をりんと鳴らす。

突然、膝から力が失われ、草太は畳の上に尻もちをついた。強烈な眠気を覚えて、一生懸命瞼を開けようとしても、重くて持ち上がらない。鈴の音は何度も鳴り響く。

「あなたの願いを叶えましょう。愛しい殿方に抱かれるまで、この結界術は解かれません」

耳元で比丘尼の甘い声がして、柔らかな唇の感触がした。花の匂いがきつくなる。唇を貪られ、草太は抗わなければと腕を動かそうとした。けれど、どうしても眠くて動けない。

那都巳に怒られる——完全に眠りにつく前にそう思い、草太は重苦しい気持ちで抗う腕から力を抜いた。

目を開けると、那都巳の寝室で布団に寝かされていた。身体が異様に熱く、息が荒くなっている。熱があるのだろうかと額に手を当て、部屋を見回した。

(そうだ、比丘尼が——)

眠りにつく前の出来事を思い返し、草太は身体を起こした。部屋の中には誰もおらず、静けさが漂っている。いや、静かすぎる。耳のいい草太は屋敷の外の音や、室内の音を聞き分けている。いつもなら聞こえるはずの雑音が、今日は何も聞こえない。

「う、俺……?」

自分の心臓の音がやけに大きく聞こえて、草太は胸の辺りを探った。Tシャツが胸に擦《こす》れて、電流が流れたみたいに身体がびくつく。布の下で乳首が尖《とが》り、布が擦れるだけで感じてしまう。おまけに、尻の穴が——疼《うず》く。触られたわけでもないのに、身体の奥がひくついている。身体が敏感になっている。性器が——勃《た》っている。

「何だよ、これぇ……」

草太は何故自分の身体が変化しているのか分からなくて、情けない声を上げた。いやらしい画像を見たわけでもないし、触ったわけでもないのに。どうして勃起《ぼっき》しているのだろう？　訳が分からないなりに、ここにいてはまずいと思い、草太はよろめきながら立ち上がった。せめて自分の部屋に戻ろう。そう思い、襖を開けようとする。

「まぁ、起きてしまいましたか」

草太が手を伸ばすより早く、襖が開いて比丘尼が姿を現した。どきりとして比丘尼から離れると、観音様のごとき優しげな微笑みを浮かべ、比丘尼が近づいてくる。

「まだ仕上げが残っておりましたのに」

比丘尼は手に青磁の器を抱えていて、片方の手で草太の胸をトンと押す。そんな他愛もないしぐさ一つで、草太は布団に尻もちをついた。身体が操られている。いつものように動かない。

「お、俺に何をする気だよ！」

草太は比丘尼を恐ろしいと思い、その恐怖を打ち消すために大声を上げた。比丘尼はゆっくりと膝をつき、器に入った白くどろりとした液体を見せる。

「いい匂いでしょう？　これは気持ちよくなれるお薬です。男を受け入れる穴にたっぷりと塗り込めましょう。きっと女のように、いえ、それ以上に気持ちよくなれるはず」

尻もちをついた草太に、比丘尼が目を細めて迫ってくる。蛇に睨まれた蛙《かえる》のようになり、草太は必死に比丘尼から離れようとした。何だか分からないが、気色悪いことをしようとしている。

「安倍の若君が来る前に、こちらで——」

比丘尼は紅も引いていないのに赤い唇の端を吊り上げ、懐から黒っぽい木製の太い棒を取り出す。男性の性器を模した形をしていて、グロテスクで、不気味な光沢を放っていた。

「あなたの穴を広げてあげましょう。木型に犯されているあなたを安倍の若君はどう思うでしょうね？　興奮して下さるかしら。ああ、怖がらないで。母はあなたを愛しく思っておりますよ。これもあなたのためです。安倍の若君に愛されるように、お膳立てを整えましょうね」

ねっとりした口調で囁かれ、草太は絶句して顔を引《ひ》き攣《つ》らせた。あかねから悪霊を祓ってくれたので、もしかしていい尼さんなのだろうかと一瞬は思った。けれど、やはり間違いだ。この人は怖い。そんな硬くてでかいものを自分の尻にぶっ刺そうなんて、狂っているか、草太に対する嫌がらせにしか見えない。

「嫌だよ！　そんなの入れんなよ！　こえーよー‼　大体俺にはちゃんと本物のかーちゃんがいるし！　お前はかーちゃんじゃねーし‼」

身の危険を感じ、草太は枕を摑んで比丘尼にぶつけた。比丘尼はひょいと身体をずらし、草太が思いきり投げつけた枕を避ける。枕は襖に当たり、ぽこりと音を立てて落ちる。

——その時、庭先に車が停まる音がして、草太はハッとした。駆けてくる足音と共に、那都巳の匂《にお》いを感じる。

「那都巳！　助けてくれよー‼」

草太は大声を上げて助けを呼んだ。比丘尼が手を止め、後ろを振り返る。乱暴な足取りで廊下を駆ける音がして、襖が開かれた。那都巳が焦った顔つきで、スーツ姿で立っている。

「人の寝室で何をしているのかな？」

息を切らして入ってきた那都巳は、口調は静かだったが深く怒っているのが見て取れた。こめかみがぴくぴくしているし、物騒な気配を漂わせている。

「まぁ、安倍の若君。思ったより早い到着ですね。予定が台無しです。この可愛い小鬼のお尻にこれを入れた状態でお招きしたかったのに」

残念そうに比丘尼が首を振り、布団の横に青磁の器と男性器を模したものを置く。比丘尼はすっと立ち上がり、草太の前から離れた。那都巳が駆け寄ってきて、草太の前に膝をつく。

「何された？　大丈夫？」

苛立ちを無理に抑えたような口ぶりで聞かれ、草太は急いで頷《うなず》いた。比丘尼はいつの間にか襖のほうに回り込んでいて、くすくすと笑いだす。

「どういうつもり？　実は俺に対して恨みを抱いていた？　櫂《かい》を人間に戻しちゃったしね。術をかけて苦しめもしたし」

草太の肩を抱きながら、那都巳が比丘尼を見上げる。比丘尼はすでに廊下に立ち、襖に手をかける。

「まぁ、私は御仏に仕える身、恨みなど毛頭ございません……。あなたに焦がれる憐《あわ》れな小鬼に手を貸しただけのこと。私の結界術が破れましょうか？　小鬼を満足させたら、この扉を開きましょう。ふふ。いつもすました顔のあなたが、心を乱されるのは面白きこと」

にぃっと笑って比丘尼が襖をぴしゃりと閉じた。草太は比丘尼が見えなくなって、安堵《あんど》して息を大きく吐きだした。

「何故比丘尼がうちにいるんだ？　何が起こったの？　関わらないって約束したのに、君は破ったってわけ？」

那都巳は草太から身体を離し、憤った口調で襖に手をかける。開けようとしたようだが、ガタガタと音をさせただけで、襖は開かなかった。

「何だ、これは。比丘尼の結界術か。大したものだ」

那都巳は襖に当てた手のひらを滑らせ、目を細めて呟《つぶや》く。草太は立ち上がろうとして、下腹部の変化に気づき、膝を抱えた。目覚めた時から敏感になっていた身体は、まだ熱を持っている。それに比丘尼が持ってきた器の液体の匂いが、鼻腔につくたび、身体の奥が疼きだす。

「草太——」

遅まきながら那都巳も器に入っている液体の匂いに気づき、眉根を寄せる。草太は恥ずかしくなって、膝に額をくっつけた。

那都巳が無言で草太を見下ろす。沈黙が落ちて、草太は胸が苦しくなった。那都巳のひどく怒った気配が肌で感じられたのだ。この状況に那都巳は憤りを感じている。

「……君、そんなにしたかったの？」

ため息と共に吐き出され、草太はびくりとして顔を上げた。那都巳は額に手を当てて、乱暴な足取りで草太の前にしゃがみ込む。

「比丘尼は人の欲望を見抜く天才だ。君の劣情を見抜いたんだろう。だから近づくなって警告したのに」

那都巳の手が草太の手を解く。両足を無理に開かれ、熱くなっている身体を暴かれた。

「いいよ、しようか。この結界術は君を満足させないと開かないってことなんだろう？　どこからか見ている比丘尼に、見せてあげればいい」

冷たい眼差しで屈《かが》み込んできて、那都巳が草太の身体を押し倒そうとする。

草太は――猛烈な怒りを感じて、那都巳を突き飛ばした。面食らったように那都巳が後ろに倒れ込み、草太を見つめる。

「したくない！　今の那都巳とはしない‼　ぜってーやだ！」

大声でまくしたて、草太は掛け布団の中に潜り込んだ。身体はどんどん熱くなっているが、絶対にやりたくないと布団を身体にぐるぐる巻いた。

「この前したいって言ったのは君だろ？」

呆《あき》れたような声音で那都巳が布団を引っ張ってくる。顔の辺りを剥《は》がされて、じっと見つめられる。

「今の那都巳は嫌だ！　怒ってるもん！　俺のせいじゃねーのに‼　俺、約束破ってなんかない！　あっちが勝手に押しかけて来たんだし！」

やけくそになって草太が怒鳴ると、那都巳がハッとしたように身を引いた。冷たかった眼差しが和らぎ、布団の上に座り込む。

「俺だって、関わりたくなかった……っ。那都巳はあの尼さん、好きかもしんねーけど、俺は嫌いだし！」

無性に悲しくなって涙声で訴えると、那都巳ががりがりと頭を掻く。

「はぁ……」

那都巳はわざとらしいため息をこぼす。ますます悲しみが押し寄せて、ぽろりと涙が頬を伝った。どうして那都巳と喧嘩《けんか》する羽目になっているのだろう。何を間違えたのか、ぜんぜん分からない。謝ったほうがいいかもしれないが、何を謝ればいいかも理解できない。

「……怒っているのは草太にじゃなくて、自分自身にだよ」

長い沈黙の末に、ぽつりと那都巳が言う。

草太は濡《ぬ》れた目で那都巳を見やった。

「比丘尼がまさか俺に何かを仕掛けるなんて思っていなかったから。焦って、イライラした。……悪かったよ」

先ほどまでの張り詰めた空気が解かれ、那都巳の顔の険がとれる。草太は目をゴシゴシ擦り、布団から少しだけ顔を伸ばした。

「八百比丘尼といると、君は人肉を食べたくなるかもしれない。強くなるために、八百比丘尼の肉を欲しがるかもしれない。だから、関わるなって言ったんだ」

那都巳に優しく説かれ、草太は目を潤ませた。

不老不死の八百比丘尼の肉は、人を鬼に変え、鬼を強い鬼に変えるという。それは知っていたが、草太は人の肉を食べるのに抵抗がある。昔は櫂を食べたいと思ったこともあるが、今の草太は、空腹に苦しんでいた際も、人の肉を喰えなかった。

「……突然やってきたんだよ。皆、眠らされちゃった。でもあかねの悪霊は追い払ってくれた」

草太はたどたどしい声で、正二や笑梨があかねのお祓いに失敗した話をした。那都巳の顔がまた険しくなったが、最後まで黙って聞いてくれた。

「とりあえず、こんな変なもの入れられなくてよかった」

那都巳は布団の脇に放り出されている男性器を模したものを手に取り、苦笑した。草太もゾッとして身震いした。羅刹から男同士のやり方を聞いた時はやってみたいと思ったのに、目の前に男性器を模したものを出されたら恐怖しか湧かなかった。

「……ごめんね」

那都巳の手が伸びて、草太の頭を軽く撫でる。以前のように優しい手つきで撫でられ、草太は胸がきゅんとした。

「これは多分、比丘尼の嫌がらせだな。俺には弱点なんてないと思ってたんだけどなぁ……。比丘尼が君を取って喰うって言った時、我ながらびっくりするくらい、焦った」

穏やかな口調で囁かれ、草太は頬を赤くして那都巳を見つめた。視線が絡まり合って、乾いていた心の奥に水が満たされていくようだった。

「——さて、それじゃ結界を解くとするか」

那都巳はすっと立ち上がり、部屋の四隅に順番に立って、印を組み、術を唱え始める。布団にくるまってそれを眺めていると、部屋の中にざわざわとした気配を感じた。羽のある生き物が、部屋をぐるぐる羽ばたいているのが感じられたのだ。はっきり見えないが、那都巳が四隅に立って何かを唱えるたびに、その動きが激しくなっていく。

「わ……」

三十分くらい、那都巳は同じような動きを繰り返して、部屋を回っていた。すると、突然はっきりと部屋を縛る金色の鎖が視覚化した。何重にも巻かれた鎖で、太く頑丈にくくられている。那都巳は中央に立ち、指で宙を切るしぐさをした。ふいに四隅に不動明王《ふどうみようおう》が現れ、憤怒の表情で剣を振り下ろした。

パキンと硬いものが壊れる音がして、鎖が粉々に砕ける。同時に不動明王は消え去り、身体の熱が一気に上がる。不動明王の炎が草太の邪気を焼き払った。

「よし」

那都巳は襖に手をかけ、一気に開く。清涼な空気が入ってきて、草太は自分の身体から熱が徐々に去っていくのを感じた。気怠《けだる》かった身体がしゃっきりして、両手両足がスムーズに動くようになる。

『まぁ……つまらない人』

どこからか残念そうな比丘尼の声がした。那都巳は草太の手を取り部屋から出すと、厨房に倒れていた薫子を起こし、お堂で寝たままの弟子たちを助け起こした。季長は庭の木陰でぐっすり眠っていた。全員、何が起きたかさっぱり分かっていないようだった。

草太は冷たいシャワーを浴び、身体にまとわりついた淫靡《いんび》なものを洗い流した。Tシャツとジーンズを身にまとい、一息つく。

那都巳は屋敷中を見て回り、比丘尼に何かされていないか確かめているらしい。弟子たち三人は陰鬱《いんうつ》な表情のまま、仕事場で頭を抱えている。

「おぼろげだけど、すごい綺麗な尼さんに助けられた……よね。あの人が師匠の好きな人……？」

草太が仕事場にお茶を運びに行くと、あかねが思い詰めた表情で聞いてきた。草太がこくりと頷くと、そうかーと肩を落とす。

「あれは敵《かな》わないな……。私、吹っ切れそう」

あかねはすっかり晴れやかな笑顔になり、元気を取り戻している。逆に正二と笑梨はひどい落ち込みようで、ろくに言葉も発しない。屋敷中を見て回ってきた那都巳が戻ってくると、正二と笑梨が揃《そろ》って深々と頭を下げた。

「師匠、申し訳ありませんでした！」

二人が声を揃えて謝り、那都巳は無表情で腕を組む。

「悪霊一つ祓えないとは思わなかった。君たち、無能すぎる」

辛辣《しんらつ》な言葉が那都巳の口から吐き出され、草太はひやひやして仕事場から出て行った。ようやく分かってきた。那都巳は弟子には冷たい。これ以上弟子たちが叱《しか》られているのは見るに忍びなく、草太はお盆を抱えて廊下を急いだ。

「ちょっと待って、草太」

厨房の入り口で那都巳に呼び止められ、草太は振り返った。那都巳は突っ立っている草太を手招く。

「あのね、今夜君を抱くから、いいなら俺の寝室に来て」

——ふいうちのように言われ、草太はぽかんと口を開けて固まった。

「じゃあね」

那都巳はそれだけ言うと、さっさと仕事場に戻っていく。

草太はしばらくその場に固まり、那都巳に言われた言葉を反芻《はんすう》していた。結界の中で抱かなかった時点で、那都巳とはもうそういうことはしないのだと勝手に思っていた。だから突然の誘いに頭はパニックだ。

（えーっ⁉）

どうして、と聞き返したいのに那都巳はもういない。草太は呆然として、お盆で顔を隠した。


弟子たちと季長が帰ると、屋敷には静けさが訪れる。早めの夕食を薫子と済ませた後は、草太は風呂に入って十時には眠りについてしまう。だが、今夜は違った。薫子が部屋に戻ると、うろうろ廊下を歩き、数時間前に入ったのにまたシャワーを浴びた。

（何で俺、緊張してんのー？）

念入りに身体を洗って浴室を出ると、脱衣所のドライヤーで髪を乾かしながら、壁にかかった時計をちらちら見た。那都巳に寝室に来いと言われてから、ずっと落ち着かなくてうろつき回っている。そもそも何時に来いと言われていないので、いつ行けばいいかよく分からない。

（変だなぁ。那都巳としたいと思っていたのに、いざ行こうとすると、緊張して行きづらい）

自分でも自分の気持ちが分からなくて、パジャマに着替えてからもしばらく悩んだ。いつの間にか時計はもう十時だ。とりあえず那都巳の寝室へ行ってみようと決意し、足音を忍ばせて廊下を歩いた。

那都巳の寝室の前の廊下で、またうろうろと歩き回る。本当に行っていいのか、行ったらまたあの白蛇の女がいるのではないかと気配を窺《うかが》う。

「気配が駄々洩《も》れだ。早く入ってきなよ」

襖越しに那都巳の声がして、びくーんと飛び上がった。赤くなって襖に手をかけ、隙間から中を窺う。那都巳の寝室には布団が一組敷かれていて、那都巳が浴衣姿で寝そべりながら本を読んでいる。

「あれ。全裸じゃないんだ？」

パジャマ姿でおずおずと入ってきた草太を見て、那都巳が意外そうに本を閉じる。

「え？　全裸で来なきゃまずかった？」

服を着てくるものではなかったかと草太がまごついていると、那都巳が上半身を起こす。

「いや、タワマンでは裸で飛び込んできたじゃない？　あんなふうにオープンなのかと思ったんだけど」

手招きされて、草太は赤くなって那都巳の前にあぐらをかいた。

「うー。あの時は平気だったけど、今はマッパは恥ずかしいなーと」

照れて草太が頭を掻くと、那都巳の目が見開かれ、よしよしと頭を撫でられる。

「精神的成長を感じる。猿から人間になってる」

真面目な顔で言われ、草太はムッとして頭にかかる手を振り払った。

「ディスってるだろ！　誰が猿だよ！」

「猿じゃなくて鬼だよね。ところで、先に聞いておくけど、初めての相手が俺でいいの？　君は櫂のことが好きなんだと思ってたけど」

草太の手を取り、那都巳が窺うように聞いてくる。

「先生？　先生は好きだぞ。でもこういうのはしちゃ駄目なんだろ？　大体先生には羅刹がいるじゃん？」

笑って草太が答えると、那都巳が考え込むように草太の指を撫でてくる。

「何だ、恋愛というより保護者的な意味合いでの好きなのか。でも櫂じゃなくても、世の中にはいっぱい人がいるけど、俺でいいわけ？」

那都巳が親指で草太の爪を擦る。半妖の草太は爪が伸びるのが早いので、二日に一回は爪を切る。

「えーでも陰陽師ってめったにいないんだろ？　那都巳みたいに強い奴は特にさぁ」

那都巳に指を触られるのがくすぐったくて、草太は身体を揺らしながら唇を尖らせた。不可解な顔つきで那都巳に見つめられ、草太は目を伏せた。

「俺、小さい頃、かーちゃんをぎゅーっとしたら、骨折っちまってさぁ。それ以来、ふつーの人は怖くて無理なの。でも那都巳は陰陽師だし、俺より強いから平気だろ？　だから俺、那都巳に触られるのは気持ちいいだけだよ」

母の骨を折った話を他人にするのは初めてだったので、少しだけ不安だった。那都巳なら気味悪く思わないだろうと思い口にしたが——。

那都巳は、何とも言えない、変な表情をしていた。笑いを堪《こら》えるような、口元の緩みが抑えられない顔だ。

「……何だ、俺たちのベクトルは同じだったのか。君は陰陽師が好きで、俺は物の怪が好き。いいね。おかげで憂いが払われた」

那都巳はそう言いながら草太の肩を押してきた。逆らわずに布団に押し倒されると、那都巳が伸《の》し掛かってきて、草太の頬に触れた。那都巳が屈み込んできて、草太の唇を吸う。ちゅっちゅっと音を立てて唇を吸われ、草太はドキドキしてきて息をこぼした。

「俺……、那都巳のこと、好きなんだよ」

キスをされているうちに、これは伝えておくべきだと思い、草太はとっさに口にした。那都巳の目が見開かれ、ふっと笑みがこぼれた。

「俺が好きだから、抱かれたいの？」

確かめるように頬をくすぐられ、草太は真っ赤になって頷いた。

「そうか……。じゃあこれは愛のある行為だ」

那都巳は角度を変えて草太の唇を貪ってくる。那都巳の気持ちを聞きたかったが、際限なくキスを求められて、頭が真っ白になっていく。

「口開けて」

優しい声で促され、草太が口を開けると、ぬるりと舌を差し込んでくる。びっくりして固まっていると、入ってきた舌が草太の舌に絡まった。

「は……っ、ひ……っ、ひゃ」

いきなり口の中に舌を入れられると思っていなくて、草太は必死に息継ぎしながらシーツを乱した。

「な、何すんの？　俺のベロ……噛《か》むの？」

草太が目を白黒させて言うと、那都巳が指を口の中へ入れてくる。

「キスだよ。舌、出して。噛まないから」

指の腹で舌を撫でられて、草太は息を荒らげながら舌を出した。那都巳がそれを吸い、舌先を絡ませる。那都巳の唾液と自分の唾液が絡まり、どちらのものか分からない唾液を呑み込んでしまう。

「ひ、は……っ、はぁ……っ、くるひ……っ」

唇を食《は》まれて、舐められて、息が上がる。深く唇を重ねられると、息ができなくて、那都巳の背中を叩いた。

「鼻で息して」

キスの合間に囁かれて、自分が息を止めていたのに気づいた。何度も唇を重ねられ、鼓動がどんどん上がっていく。いつまで続くんだろうというくらい長い時間、唇をくっつけられた。しかもキスの合間に、那都巳の手がパジャマの上から草太の乳首を引っ掻いてくる。

「ん、ふぁ……っ、ひ、はぁ……っ、は……っ」

キスが長くて頭がぼーっとしてくる。互いの息が被さり、時々腰がびくっとする。パジャマの上からも分かるくらい乳首が尖っているし、身体が熱い。草太は唇の端から唾液を垂らし、はぁはぁと息を乱した。苦しいのにキスされるたび、性器がどんどん反り返っていく。

「な……何でそんなキスする……の？」

胸を上下させながら聞くと、那都巳の指が草太の口内の牙《きば》を探る。内側の肉を撫でられて、異様に息が上がる。

「セックスだからだよ」

目を細めて見つめられ、草太はよく分からなくて胸を震わせた。これがセックスならではの行為なら——草太は一つ気になっていたことを聞かなければと那都巳の胸を押した。

「俺も聞いていい……？　那都巳は比丘尼が好きなんだろ？　セックスって好き同士がやるんじゃないの……？　俺でいいの……？」

したいと言った時にはしてもらえなかったのに、何故今夜は抱くと言ったのか草太には分かっていない。すると那都巳は口元に笑みを浮かべながら、草太のパジャマのボタンをゆっくり外していった。

「比丘尼はライフワークだって言っただろ？　恋人にしたいわけじゃないよ。まぁあれは俺の初恋だったかもしれないけど。たとえて言えば、観音様とかマリア様とか、そういう方向性かな。観音様とセックスしたいとは思わないだろ？」

つらつらと述べられたが、よりいっそう理解しづらくなっただけだ。

「大体、君、分かってないみたいだけど、俺は最初から君に興味津々だったよ？　じゃなきゃ、他人の性器なんか触らないだろ。君がイくとこ見て、勃ってたの、気づかなかった？　今だって、ほら」

那都巳が草太の手を握り、自らの股間に導く。浴衣の裾を割って導かれるままに那都巳の下腹部に触れると、すでに硬くなっている。那都巳が興奮しているのを知り、草太は自然と赤くなった。平気そうにしているから、ぜんぜん気づかなかった。

「今日は……見てもいいのか？」

草太が興奮した息遣いで那都巳の性器を下着越しに握ると、かすかに気持ちよさそうな息を吐き出し、那都巳が草太のパジャマの前を広げる。上半身が空気にさらされ、尖った乳首が目に入る。

「後でね。今はまず君をとろとろにする」

那都巳が密着してきて、草太の乳首を口に含んだ。音を立てて吸われ、舌先で転がされ、草太は息を喘《あえ》がせた。最初はくすぐったいだけだったのに、今は吸われると甘い電流が身体に走って、息が詰まる。

「う、う……っ、は、あ……っ、乳首、気持ちい……っ」

片方の乳首を指で摘まれ、もう片方を舌先で弾《はじ》かれ、草太は涙目になって足をもじつかせた。乳首を弄《いじ》られると、ダイレクトに身体の芯《しん》が熱くなる。下着がすでに濡れていて、染みになっているのが分かるくらい、気持ちよくなっている。

「ん……っ、ひゃ、はぁ……っ、あっ、あっ」

順番に乳首を舐められ、徐々に声が甲高くなっていく。乳首を弄っていた手が離れ、脇腹を撫で、膨れ上がった性器を布の上から揉《も》む。数度擦られて、呼吸を荒らげると、那都巳が乳首を歯で甘く噛んだ。

「やだ、や……っ、あ……っ」

歯で銜《くわ》えた乳首を引っ張られ、ぞくぞくして草太は身悶《みもだ》えた。布越しに性器を撫でられ、急速に呼吸が忙《せわ》しなくなっていく。

「ひ、は……っ、あ……っ、待って、イっちゃうよ……っ、そこ駄目」

先端の辺りを擦られ、草太は引き攣れた呼吸になり、気づいたらびくんと腰を跳ね上げて、下着の中で射精してしまった。

「やあ、あ……っ、あ……っ、ひ……っ」

腰を震わせ、下着をどろどろに汚していく。那都巳が気づいて手を離し、上半身を起こした。

「イっちゃったの？　感じやすい身体だなぁ……可愛いね。見せて」

那都巳はまだびくついている草太の腰から、パジャマのズボンをずり下げていく。足首からパジャマが取り払われ、那都巳は下着をゆっくりと下ろした。

「すごいね……。ぐちゃぐちゃだ」

糸を引いている下着を眺め、那都巳が興奮した目つきになる。草太は恥ずかしくて息が整わなくて、顔を両手で覆った。那都巳は下着を引き抜き、草太の濡れて硬度を失った性器を握る。

「お尻のほうまで濡れてる……。ローション、必要ないかな」

那都巳は精液を尻の穴に擦りつけるようにして、指を動かす。ぬめりと共に指が尻の穴に入ってきて、草太は必死に息を整えた。那都巳は内壁を広げるような動きで指を動かしている。指の腹で内部の感じる一点を擦られ、再び性器が勃起する。

「ここ、自分で弄ってる？」

那都巳は尻の穴に入れた指を、わざと音を立てて動かす。草太は腰をひくつかせて、甘い息をこぼした。

「自分じゃ気持ちよくない……」

草太が身悶えして言うと、那都巳が笑って指を引き抜く。もう終わりかと思ったとたん、両足を抱え上げられ、膝を胸に押しつけられた。

「膝、抱えてて」

那都巳に促され、自分の両足を抱える。那都巳の顔の前に下腹部のあらぬ場所を見せる恰好になった。恥ずかしくて草太が目を潤ませると、那都巳が尻の穴に舌を差し込んできた。

「え、ええーっ」

あまりにも思いがけない行為に、驚きのあまり真っ赤になる。那都巳は弛《ゆる》んだ尻の穴に、ぐねぐねと舌先を入れてくる。そんな汚い場所に舌を入れるなんて、と抗議したかったが、尻の穴からすごい快楽が押し寄せて、一気に呼吸が乱れた。

「やだ、やめ……っ、やばい、それぇ」

舌先が内壁に入り込むたびに、痺《しび》れるような感覚に襲われて、声が甲高くなっていく。那都巳は指を内部に差し込み、尻の穴を広げて舌を動かす。

「気持ちいいでしょ？　ひくついてる」

那都巳は尻の穴を濡らしながら、平然としている。セックスがこんなに恥ずかしい行為をするなんて知らなくて、草太は胸を喘がせた。

「こわ、怖い、気持ちよすぎて、怖いよぉ」

草太が真っ赤になって身悶えていると、那都巳が指を増やしてきて、内壁を押し広げる。最初はきつく閉じられていたそこは、舐められ、指で広げられ、どんどん柔らかくなってきた。草太の息遣いも速くなり、声の大きさも高くなっていく。

「ほら、とろとろになってきた」

やっと尻の穴から顔を離し、那都巳が布団の脇に置いてあったローションを手に取る。ぬめった液体を尻の穴に注がれ、草太はひえっと仰《の》け反《ぞ》った。

「三本、入ってるよ。お尻、気持ちいいね？」

那都巳は草太の太ももを撫でながら、指を出し入れする。ぐちゅぐちゅと濡れた音を響かせて、草太の尻に三本の指を銜えさせる。それを見せつけられて、草太は嬌声《きょうせい》をひっきりなしに上げた。指で内部の感じる場所を突かれるたび、えも言われぬ快感に襲われる。

「そろそろいいかな……。草太、入れるよ？」

草太の内部を掻き回し、那都巳はやっと指を引き抜いた。草太は腰をひくつかせた状態で、ぐったりと布団に横たわった。那都巳が暑そうに寝間着を脱ぐ。下着も脱ぎ去ると、反り返った性器が視界に入った。

那都巳は布団の脇に置いてあった避妊具を取り出し、反り返った性器に装着しようとする。

「それやだ……その匂い」

草太は紅潮した頬で那都巳に手を伸ばした。避妊具の匂いが嫌で、那都巳の手から取り上げて、ぽいっと部屋の隅に放る。

「その匂い好きじゃない……、俺男だし、いらないよ？」

ぼうっとした表情で言うと、那都巳が一瞬どこか痛んだみたいに顔を顰めた。ふうっと息を吐き出し、那都巳が苦笑する。

「時々、君、俺のスイッチ押すんだよなぁ……」

那都巳が呟くように言って、草太の顔の横に手を置く。屈み込んできて、キスをされて、草太はうっとりして那都巳を見つめた。

「バックのほうが楽だろうけど、顔を見てヤりたいな」

那都巳はそう言って草太の両足を抱え、身体を曲げてきた。那都巳の勃起した性器が尻の穴に押しつけられて、草太はドキドキして息を呑んだ。本当に入るのだろうかと半信半疑で待ち望むと、ぐっと先端の部分が押し込まれてくる。

「う、わ……っ、ひゃあぁ」

他人の性器が入ってくる感覚は未経験のもので、思わず変な声が漏れ出た。熱くて硬くて、怖いけど、ぞくぞくする。尻の穴が目いっぱい広げられていく。草太は目がチカチカして、息が激しくなって、息を詰めた。

「や、ああ、あ……っ、あ……っ」

ゆっくりと那都巳の性器が内部に入ってくる。異物感に、圧迫感。最初は苦しくて無理だと思ったが、性器の先端で内部の感じる場所を擦られた瞬間、ぞわぁっと背筋に電流が走った。

「ひ……っ、は……っ、ひゃあ……っ、何これぇ……っ」

腰に重くて痺れるような甘い電流が走る。苦しさを押しのけるような快感があって、草太は涙をぽろぽろ流した。那都巳はある程度まで性器を押し込むと、動きを止めて草太の濡れた頬を撫でた。とても人の姿を保っていられなくて、鬼の姿に戻ってしまう。

「鬼を犯している……すごい興奮だ。感じるとすごい泣くよね、君……。泣いてる顔はヤバいな。さすがにちょっとつらいよね、しばらく馴染《なじ》むまでこうしている」

那都巳は繋《つな》がった状態で屈み込み、草太の性器を扱《しご》いた。ぴくぴくと性器が震え、しとどに蜜を垂らす。草太は全力疾走したみたいに呼吸を荒らげた。那都巳のモノを受け入れているだけで、汗がどっと出るし、呼吸が苦しくなる。那都巳の性器が脈打つのが分かって、まともにしゃべれなくなる。

（那都巳が――気持ちよさそう）

繋がっているから、那都巳の感覚もダイレクトに伝わってきた。那都巳の息が乱れ、いつものすました顔じゃなく、何かを堪えるような顔で身じろぐ。ささいな動きにさえ、草太は胸を震わせた。

興奮しすぎて、頭がカッカする。

「すご……、あ……っ、ひぃ……っ、セックスってこんなすごいのぉ？　先生が変な声出す意味が分かった……っ、俺、声、変」

ひぃはぁと息を吐きながら、草太は頬を赤くした。自分の息遣いが暑苦しくてたまらない。声が女みたいに甲高くなる。助けを求めるように那都巳の背中に手を回すと、宥《なだ》めるようにキスをされる。

「別に俺の骨は折らないみたいだけど？」

耳朶に舌を這《は》わせながら、那都巳が笑う。

「ち、力が……入らない……」

那都巳の背中に回した手が、ずるりと落ちてしまい、草太は胸を喘がせた。那都巳がじっとしていてくれたおかげか、少し息が整ってきた。けれど内部にいる那都巳の熱が、興奮を冷ましてくれない。

「馴染んできたみたいだね……動くよ」

那都巳が囁き、腰を小刻みに律動する。とたんに草太は仰け反って、甲高い声を上げた。内壁を揺らされると、怖さと快楽が相まって訳が分からなくなる。

「気持ちいいところを突くから、痛かったら言って」

上半身を起こして、那都巳は草太の腰を抱え直して、腰を揺らす。ローションをたっぷり使ったせいか、動くたびにいやらしい音が聞こえる。草太はシーツを乱して、時折下腹部がびくんとなるのを厭《いと》った。

「やぁ……っ、や……っ、あ……っ、奥、変……っ」

性器で内部の感じる場所を擦られ、身体の奥が熱くなっていく。突かれるたびに変な声が上がってとても嫌だ。女子が泣いているみたいな声。聞きたくなくて口を押さえるけれど、声を出さないと余計に感じて、苦しい。

「女の子みたいに犯されるの、嫌？」

腰を揺さぶりながら、那都巳が息を荒らげて聞く。濡れた目で那都巳を見上げ、草太はどきりとした。そうだ、考えてみれば保健体育で習った性教育では、男を受け入れるのは女だった。気持ちよさそうというだけでセックスがしたいと言ったけれど、自分は今、女の子になっている。

「や、あっあっあっ、嘘、やだ」

女の子みたいな声を上げて、女の子みたいに男を受け入れている。そう考えただけで、頭の芯が焼き切れるような熱い衝動を感じ、声が大きくなった。銜え込んだ内部が収縮し、全身がひくつく。感じすぎて、ひっきりなしに声が漏れる。

「すごい感じてる……、可愛いね、草太。中、すごいよ」

那都巳が渇いた唇を舐め、激しく奥を突き上げてくる。少しずつ深い奥まで那都巳の性器で犯される。怖くて、泣くほど気持ちよくて、草太はあられもない声をあげまくった。

「やぁ……っ、あああ……っ、こわ、怖いぃ、那都巳ぃ……っ、お腹変、変だ……っ」

容赦なく奥を突き上げられ、草太は感極まって喘いだ。那都巳は草太の両足を胸に押しつけ、激しく腰を揺さぶる。

「初めてなのに、中でイけそうだね……？　俺の、気持ちいいでしょう？　ほら、もっと突いてあげる」

草太が悲鳴じみた喘ぎ声を上げる場所を、那都巳がぐりぐりと掻き回していく。深い快楽に包まれ、草太は痙攣《けいれん》した。

「あー……これは俺も限界だ。君とのセックスは脳を痺れさせる。ごめん、中に出すよ」

那都巳の声が上擦り、内部を突き上げる速度が激しくなった。草太は声も出せないくらい感じて、四肢を引き攣らせた。

頭の中が真っ白になって、経験したことのないようなすごい快楽が頭からつま先まで走り抜けた。

「ひゃあああああ……っ‼」

衝撃がすごくて、草太は叫びながら自分の腹や胸に精液をまき散らした。続けて那都巳の性器が内部で膨れ上がり、どろっとした液体を注ぎ込んでくる。

「う……っ、はー……っ、すごい、しまる」

那都巳は溜《た》めていた息を吐き出すようにして、かすれた声を上げる。草太はどっと汗を噴き出し、苦しげに呼吸をした。早鐘を打つように鼓動が鳴り響き、息が乱れて、全身が敏感になっている。

「草太……大丈夫？」

汗ばんだ身体を屈み込ませ、那都巳が草太の頬を撫でた。草太はそれに答えられず、ひたすら息を吸い込んでいた。こんなの初めてだ。どの物の怪と闘った時よりも、疲れている。

「む、無理……」

草太はひーひーと息を吐き続けながら、潤んだ目を那都巳に向けた。吸い込まれるように那都巳の唇が降りてきて、乾いた唇を舐める。那都巳は味わうように草太の唇を食むと、上体を起こして腰をゆっくりと引き抜いた。

「ん……っ、う、う……」

大きな異物が身体から抜け出る感覚にさえ、甘い声が上がった。草太はぐったりと布団に身を投げだした。那都巳はだるそうに腕を伸ばし、ティッシュで草太が放った精液を拭《ぬぐ》いとる。

「鬼に中出しとか、すごいことしちゃったな」

草太の尻を撫でて、那都巳が太ももに零《こぼ》れ落ちる精液を拭く。

「中出し……？　出汁……？」

草太が意味が分からずうつろな声で聞き返すと、那都巳が噴き出した。どうやら違うらしい。

「後で一緒にお風呂に入ろう。中に出したものを掻き出してあげる」

那都巳は忘我の状態で横たわる草太の額にキスをして、こめかみの汗を舐める。顔中にキスをされているうちに、今まで分からなかったものが、唐突に理解できた。

「あのさ……、こういうのヤるのはお互いだけって意味、分かった。なぁ、那都巳。俺以外とこんなことしないでくれよ。他の人とヤってたら、すげー嫌だ」

一方的に愛撫されていただけの時は理解不能だったのに、身体を重ねて、身をもって感じた。深く繋がる行為は誰とでもするものではない。草太がすがりつくように手を伸ばして言うと、那都巳がくすりと笑った。

「いいよ。君がしてくれる間は、他の誰ともしない。君も、そうだよ。俺以外とはしないこと。いい？」

草太の髪を撫でて、鼻先にキスを落とす。草太は嬉しくて、にこっと笑った。

「俺も那都巳以外とは、しねー。セックスってすげーな。頭が馬鹿になる。那都巳、気持ちよかった？　また俺ばっかりじゃなかった？」

ようやく息が整ってきて、草太は那都巳の胸に顔を擦りつけた。

「すごくよかった。思ったより穢《けが》れがつかなかったのは意外だったな。君、本当に人を喰ったことないんだね」

甘える草太の髪を撫で、那都巳が感心して言う。撫でられたり、キスされたりすると、うっとりしてきて、すごく心地いい。まるで猫にでもなったみたいだと思った。

「うー。気持ちよすぎて眠くなってきた」

草太は重くなってきた瞼を擦り、那都巳にくっついた。

「一緒に寝る？　お風呂は朝にしようか」

身体を引き寄せられ、軽く背中を摩《さす》られた。とたんに猛烈な眠気に襲われて、あくびを連発する。セックスがこんなにすごいものだなんて知らなかった。疲れた手足を投げ出し、草太は深い満足感を覚えながら眠りに落ちた。

■六章　封印

十二月の第二金曜日、草太はスーツ姿で炎咒寺の庭にいた。

新しく建てられたという小さなお堂に、住職と那都巳、それから選ばれた絵師がこもって、八百比丘尼を封じ込める術を行っている。朝早くから始まって、もうすでにお昼を過ぎている。

草太は本堂にいづらくて、ずっと庭にいる。途中で薫子が作ってくれたお弁当を庭の池の前で平らげ、草太はぼーっとして那都巳を待った。予定より時間が押したせいか、僧侶《そうりょ》が草太のために握り飯を持ってきてくれたが、たった二個では腹の足しにもならない。

八百比丘尼は草太には理解できない存在だ。

櫂と関わっていた時も恐ろしいと思っていたが、実際自分と関わり合いになるといっそうその恐ろしさを実感した。

八百比丘尼と話していても、向こうの考えていることがまったく分からず、こちらの言っていることもぜんぜん伝わらないという奇妙な虚しさがあった。

（封じられるの、嫌じゃないのかな）

死にたくても死ねない人生。それは草太には想像もつかない領域だ。草太はまだこの世に生を受けたばかりで、比丘尼の生き方は想像もできない。どうして素直に眠ることを受け入れるのか、草太には理解できなかった。

空を眺めながら池の鯉《こい》に時々エサを与えていると、背後から那都巳の匂いが漂ってきた。

「お待たせ」

那都巳は黒い袈裟《けさ》姿で、大掛かりな術を行ったせいか、神気を濃くまとっている。こういう時の那都巳は草太でさえ近づきがたく、抱きつきたいのをぐっと堪えるしかない。

「あとは仕上げに立ち会えば、完了だ。比丘尼がこのまま大人しく術を受けてくれるといいんだが……まだ少し心配は残るな。比丘尼の気が変わって、逃げ出さないのを祈るのみだ」

那都巳は心持ち上気した顔つきで、お堂を振り返る。那都巳の心が比丘尼のもとに飛んでいるのを察し、草太はむすっとした。

「那都巳が比丘尼のこと話すと、もやもやするぅ。これがヤキモチか？」

足踏みして言うと、那都巳が目を丸くする。

「比丘尼は大目に見てよ。俺のライフワークなんだからさ」

那都巳の腕が肩に回り、頬を突かれる。草太はぷんとそっぽを向いて、唇を尖らせた。

「比丘尼ばっかじゃなく、俺に執着しろよ。俺だって、もっと想われたいぞ」

那都巳に肩を抱かれ機嫌は戻ったが、それでも気に喰わなくて草太は強気な口調で言った。

すると那都巳が覗き込むようにしてきて、鋭い視線を向ける。

「馬鹿だね。俺がこれ以上君に執着したら、君を調伏《ちょうぶく》したくなるよ？　半妖は調伏できるかどうか、すごく知りたいところだ」

どきりとして草太は那都巳から飛びのいた。調伏というのは殺されるという意味だ。那都巳曰《いわ》く、物の怪を好きになると調伏したくなるらしい。

「こええ！　陰陽師、こええよ！　もうどういう思考？　俺、まだ死にたくねーしっ。つか、そんなこと言ったら俺だってもっと那都巳を好きになったら、喰いたくなるかもしれねーからな！」

急いで那都巳から離れて怒鳴り返すと、那都巳が笑って門へ向かって歩き出す。

「いいねぇ。俺が調伏したくなるのが先か、君が俺を喰いたくなるのが先か、すごく興味があるね。嫌なら、あんまり俺を煽《あお》らないでね。さぁ、帰ろう。仕事が溜まってる」

那都巳は楽しそうに言って、さっさと行ってしまう。慌ててその後ろを追い、草太はにやりとした。

「そうだな。皆、辞めちまったしな！」

——数日前の出来事を思い返し、草太は笑った。

昼食の後で突然那都巳の弟子三人が集まり、深々と頭を下げてきたのだ。そして持っていた白い封筒を差し出してきた。

「師匠、申し訳ありません……。これ以上、この仕事を続ける自信がなくなりました。辞めさせて下さい」

正二が先頭に立って、申し訳なさそうに言う。

「自分ができると思い上がっていたのが恥ずかしいです。これ以上迷惑はかけられません」

笑梨が続けて涙ながらに頭を下げる。

「師匠、お世話になりました。今回の件で、自分がこの仕事を続けるのは間違ってると気づけました。今までありがとうございます」

あかねは晴れ晴れしい笑顔で言う。いきなり三人の弟子に辞表を出され、那都巳は面食らっていたが、引き留める言葉は口にしなかった。

「分かった。ご苦労様」

那都巳が微笑んで答えると、正二は少し残念そうに、笑梨は安堵したそぶりで、あかねはさっさと身支度を始める。三人は仕事場に私物を置きっぱなしにしていたのもあって、午後は荷物の整理に時間がかかっていた。薫子と季長も三人に挨拶をして別れを惜しんだ。那都巳は特に未練はないようで、パソコンに向かってひたすらメールを打っている。

草太は正二と笑梨に「お世話になりました」と挨拶《あいさつ》をしておいた。二人ともぎこちない態度で、「どうも」と返しただけだ。

「あんた、ちょっと」

あかねは庭の落ち葉を集めていた時に声をかけてきた。

「これ、あげる」

あかねはノートを三冊草太に押しつけてくる。首をひねって中を見ると、仏像の名前や霊符の書き方、術の効果といったものが記されている。

「私にはもう必要ないからさ。師匠のこと、支えてあげてね」

最後まで草太の正体に気づいていないあかねは、しんみりした笑みを浮かべて言う。いらないとも言いづらくて、草太は仕方なくノートを受け取った。

「若のこと、もういいのか？」

あかねの気持ちが気になって、熊手を木に立てかけて聞く。あかねは大きく伸びをして、肩をすくめた。

「私には手の届かない相手だったってだけよ。自分に合う人、探すわ」

そう言ってあかねは草太の前から去って行った。那都巳と身体の関係を持った後だったので、あかねがあきらめてくれてホッとした。那都巳の相手が比丘尼だと勘違いしたままだが、もう会うこともないのでいいだろう。

（那都巳ってけっこうモテるから気をつけなくちゃ）

草太はひそかに闘志を燃やした。人間だけでなく、物の怪にまですり寄られる男だ。一時も目が離せない。

「——あまり役に立たない弟子たちだったが、最後に嫌がらせまでしてくるとは思わなかった」

三人の弟子が辞めた時のことを思い出したのか、那都巳がうんざりした口調で言う。草太は嫌がらせとは思わなかったが、那都巳からするとそう受け取れるらしい。

「細かい面倒な仕事は全部押しつけていたから、大変だよ。新しい弟子が一人くらいほしいものだ」

那都巳は四脚門を潜りながら、嘆かわしげにこぼす。那都巳は本当に弟子に冷たい。そういうことを言っているから、辞めたのだと思うのだが。

「しょーがねーじゃん。那都巳って弟子に冷てーよな？　あ、でも物の怪退治は俺に任せろよ。俺、役に立つからさ！」

草太は胸をどんと叩いた。

「そうだね。君は役に立つ。——でも、役に立たなくても、君は可愛い俺の半妖君だよ」

振り返った那都巳が、目を細めて告げる。ふと胸に熱いものがこみ上げて、草太は照れてうつむいた。草太はよく「役に立つ」という言葉を使う。承認欲求が強いのだろうと以前、那都巳に指摘された。自分の不確かな存在を、誰かの役に立つことで立証しようとしているのかもしれない。

半分人間で、半分鬼。

物の怪からは何故人の味方をするのだと誹《そし》られ、人間からは怖いと恐れられ、どちらの側にも属せない自分。

「なぁ、那都巳は……俺に人間でいてほしい？　それとも鬼でいてほしい？　ってか、もしかしてお前、俺が人間になっちゃったら、興味なくすんじゃないか？」

急に気になって、草太は那都巳と並んで細い路地を歩いた。物の怪好きな那都巳のことだ。草太がただの人間だったら、きっと興味を持っていない。

「何を気にしているか知らないけれど、中途半端が君のいいところだよ」

那都巳はあっさりと言って、微笑んだ。道の脇の並木が、強い風が吹いて落ち葉を落とした。草太は何だよそれ、と笑いながら、頭に舞い落ちてきた枯れ葉を手に取った。

どちらにも属せない自分を、那都巳は認めてくれる。

そのままでいいんだと、受け入れてくれる。

だから、草太も笑っていられる。那都巳の隣に立つ自分に、自信が持てる。

「それよりも、今度雪《ゆき》さんに怒られに行かなきゃならない。一発殴られるくらいぜんぜん構わないんだけど、問題は俺が攻撃を受けると式神が飛び出してくることだな。大事な息子さんを奪ってしまったから、どんな報復が起こるか恐ろしいね。草太、雪さんが鬼と化したら俺のこと守ってくれる？」

悪戯《いたずら》っぽい目つきで那都巳に言われ、草太は拳を突き上げた。

「俺に任せろよ！　ってか、かーちゃんが鬼になるってどゆこと？　もしかして那都巳とエッチするのって、かーちゃん的にはまずかった？」

那都巳と雪が修羅場になる様を想像して、草太は身震いした。母はおしとやかで上品だが、怒るとものすごく恐ろしいのだ。

「うん、多分、卒倒するかもしれない」

「そんなにー⁉」

びっくりして草太が声を上げると、那都巳がおかしそうに笑いだす。今のは冗談だったのだろうかと首をひねり、何があっても那都巳を庇《かば》わなければと意気込んだ。

足元に舞い落ちる枯れ葉を眺め、草太は自然にこぼれる笑顔で陰陽師と肩を並べて歩いた。

あとがき

こんにちは&はじめまして。夜光花《やこうはな》です。

今作は『式神の名は、鬼』に出てきた那都巳と草太のスピンオフです。もしご存じない方は、ぜひそちらも読んでもらいたいです。一応説明は入れましたが、複雑すぎていまいち説明できてない気がします。

妖怪大好き男の那都巳が本気になる相手は誰だろうと考えたところ、半妖である草太しかいないのではと『式神の名は、鬼』の三冊目で気づきました。私はBLでは基本的に受けより攻めのほうが大きくないと萌えられない性癖なのですが、この二人に関しては受けの体格のほうが上でもいいという珍しい組み合わせです。多分草太がアホの子だからですね。見えない尻尾をぶんぶん振ってる感じが可愛いです。常に人の思考の裏を読み続けるこじれ男の那都巳も、草太の前ではリラックスできるのではと思いました。打算や駆け引きなど無縁の草太ですが、たまに見当違いのアホ思考を繰り広げるので、那都巳も飽きないのでしょう。大食いなので、金持ち攻めでよかったです。

ところで八百比丘尼を書いている時に思いました。あれ、比丘尼ならいわゆる『Hしないと出られない部屋』作れるんじゃないの？　と。商業じゃこの設定無理だろうなと思っていたので、一瞬喜びましたが（書いてみたかったので）実際書いてみると、キャラがすんなりヤるはずもなく……。残念ながら夢は叶いませんでしたが、比丘尼はとんでも展開も可能なよいキャラだったのでまた書けて嬉しかったです。ていうか、比丘尼みたいな攻めをいつか書いてみたいですね。受けが可哀想な話にしかならないけれど…。

那都巳の家のほうはいろいろありそうですが、ひとまずこのシリーズは終わりにしたいと思います。いろいろ楽しいキャラが多かったので、スピンオフできて嬉しかったです。

イラストも引き続き笠井《かさい》あゆみ先生にお願いできました。いつも麗しく鮮やかな絵をつけていただけて有り難いです。まだラフ画しか見ておりませんが、どんな感じになるのか楽しみです。絵でもまた櫂や羅刹が見られるのは嬉しいですね。

担当さま、毎回お忙しいところありがとうございます。次回も引き続きよろしくお願いします。

読んでくださった皆様、感想などありましたらぜひ聞かせてください。

ではでは。次の本で出会えるのを願って。

夜光花

この本を読んでのご意見、ご感想を編集部までお寄せください。

《あて先》〒141-8202　東京都品川区上大崎3-1-1　徳間書店　キャラ編集部気付
「式神見習いの小鬼」係

【読者アンケートフォーム】
QRコードより作品の感想・アンケートをお送り頂けます。
Chara公式サイト http://www.chara-info.net/

■初出一覧

式神見習いの小鬼……書き下ろし

Chara

式神見習いの小鬼

……【キャラ文庫】

2021年6月30日　初刷

著者　夜光花
発行者　松下俊也
発行所　株式会社徳間書店
〒141-8202　東京都品川区上大崎3-1-1
電話　049-293-5521（販売部）
　　　03-5403-4348（編集部）
振替　00140-0-44392

印刷・製本
カバー・口絵　株式会社廣済堂
デザイン　百足屋ユウコ＋モンマ蚕（ムシカゴグラフィクス）

ISBN978-4-19-901032-3

投稿小説 大募集

『楽しい』『感動的な』『心に残る』『新しい』小説——
みなさんが本当に読みたいと思っているのは、
どんな物語ですか？
みずみずしい感覚の小説をお待ちしています！

応募のきまり

応募資格

商業誌に未発表のオリジナル作品であれば、制限はありません。他社でデビューしている方でもOKです。

枚数／書式

20字×20行で50～300枚程度。手書きは不可です。原稿は全て縦書きにしてください。また、800字前後の粗筋紹介をつけてください。

注意

❶原稿はクリップなどで右上を綴じ、各ページに通し番号を入れてください。また、次の事柄を1枚目に明記して下さい。
（作品タイトル、総枚数、投稿日、ペンネーム、本名、住所、電話番号、職業・学校名、年齢、投稿・受賞歴）

❷原稿は返却しませんので、必要な方はコピーをとってください。

❸締め切りは特別に定めません。採用の方にのみ、原稿到着から3ヶ月以内に編集部から連絡させていただきます。また、有望な方には編集部からの講評をお送りします。（返信用切手は不要です）

❹選考についての電話でのお問い合わせは受け付けできませんので、ご遠慮ください。

❺ご記入いただいた個人情報は、当企画の目的以外での利用はいたしません。

あて先

〒141-8202　東京都品川区上大崎3-1-1
徳間書店　Chara編集部　投稿小説係

投稿イラスト 大募集

キャラ文庫を読んでイメージが浮かんだシーンを、
イラストにしてお送り下さい。
キャラ文庫、『Chara』『Chara Selection』『小説Chara』などで
活躍してみませんか？

応募のきまり

応募資格

応募資格はいっさい問いません。マンガ家&イラストレーターとしてデビューしている方でもOKです。

枚数／内容

❶イラストの対象となる小説は『キャラ文庫』及び『Chara、Chara Selection、小説Charaにこれまで掲載された小説』に限ります。

❷カラーイラスト1点、モノクロイラスト3点の合計4点をお送りください。カラーは作品全体のイメージを、モノクロは背景やキャラクターの動きのわかるシーンを選ぶこと(裏にそのシーンのページ数を明記)。

❸用紙サイズはA4以内。使用画材は自由。データ原稿の際は、プリントアウトしたものをお送りください。

注意

❶カラーイラストの裏に、次の内容を明記してください。
(小説タイトル、投稿日、ペンネーム、本名、住所、電話番号、職業・学校名、年齢、投稿・受賞歴、返却の要・不要)

❷原稿返却希望の方は、切手を貼った返却用封筒を同封してください。封筒のない原稿は編集部で処分します。返却は応募から1ヶ月前後。

❸締め切りは特別に定めません。採用の方にのみ、編集部から連絡させていただきます。また、有望な方には編集部から講評をお送りします。選考結果の電話でのお問い合わせはご遠慮ください。

❹ご記入いただいた個人情報は、当企画の目的以外での利用はいたしません。

あて先

〒141-8202 東京都品川区上大崎3-1-1
徳間書店 Chara編集部 投稿イラスト係